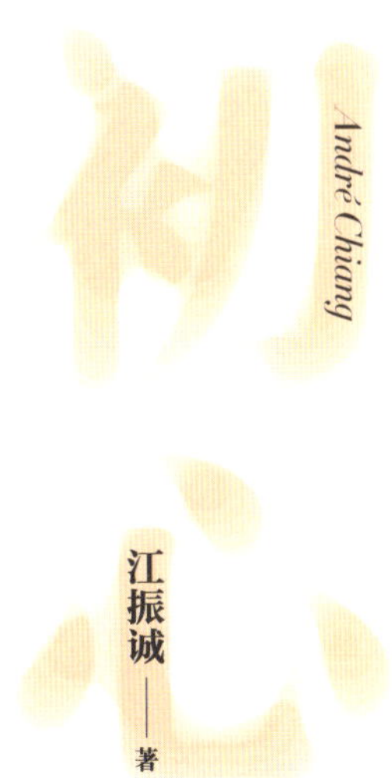

初心

André Chiang

江振诚——著

九州出版社
JIUZHOUPRESS

Le
Déjeuner
Sur
L'herbe
Edouard Manet
1863

新版序

2017 年 10 月 10 日那天我走上楼，看着餐厅里楼梯间的所有照片，
我突然发现，眼前所看到的是我们过去多年的点点滴滴……

看着团队的每一个人，回想他们刚来的时候那么青涩，
看看现在，那么强壮、自信、无惧与专注。

这一刻，我觉得我们是最棒的团队，
我很感谢这个团队。

我想跟大家分享我心里的感受，
从经营 Restaurant ANDRE 的第一天开始，就像得了强迫症，
餐厅的每个小细节一眼看去就知道，
这温度不对、湿度不对、卡片放得不对、角度不对，
你会想尽办法把每一件事情都做到你想象的——“完美”。

我们总是忙着追求，很少会回过头想，我们为何而忙？

过去三十年，我一直在思考：什么才是人生的“完美时刻”？

是登上世界顶端、进入全球最佳餐厅，还是得到米其林三星？

你一旦得到更多，就会想要得更多。

你总觉得，我还要更完美，现在还不够完美，

那是一种动力，促使我们更进步，

但那就是一个厨师的终极目标吗？

我想成为一位料理人，是因为我很喜欢做菜，我很享受与大自然食材的对话，

我喜欢看到大家享受我的料理时脸上开心的样子。

我都做到了吗？

或许才更重要。

我还需要更多吗？

或许不需要。

有一天我走进餐厅，看见每一个人都认真工作，

他们每个人都知道自己该做什么，

打磨杯具、摆设餐具、调整细节、处理问题，

每一个人都知道今天的客人是谁、知道每个客人坐在哪里、吃什么，

知道如何料理、怎么调味、如何为客人创造难忘的回忆，

你必须确保在客人到达前，每一个小细节都很完美，

这就是我们所说的完美时刻。

我们从一张空白的画布开始，一点一点地画，直到有一天，画布画满了，

你也很满意自己的杰作，然后在画布的一角签上名，就再也不想修改了。

画，完成了，这就是最美的一幅画。

我希望记录下这幅画，

我想让这幅画永远停留在那里。

我们说的开始，往往是结束；

宣布结束，也是宣布了另一个开始；

终点，是我们出发的起点。

—— T. S. 艾略特

我从小就想当厨师，我想成为一个很厉害的厨师。

所以，过去花了三十年的时间，跑遍全世界，努力成为世界上顶尖的厨师。

但是每当有人问我，你从哪里来？那里是什么样的地方？

我总很难回答得很清楚，

我必须回到我的根，

我必须要了解我生长的地方。

台湾是我出生的地方，但我却对这块土地很陌生，

我所有的印象都是小时候的记忆，

我出生在一个平凡的家庭，我家旁边就是夜市，

每天都看到人来人往，在卖吃的东西，

每个早晨，人们开始贩卖生鲜食材，

大家把买来的菜，变成一道道的料理。

到了晚上，你就看到那些食材被做成小吃，

夜市开始了。

我非常喜欢这种感觉。

因为你每天都看到同样的食材，却能启发不同的灵感创意，

我想花更多的时间了解台湾，它像是一个我已经认识很久的亲生兄弟，

却从来没有时间好好相处。

在很多方面，我都想回到我开始的地方，

我想回到我作为一位料理人的根本。

我想研究台湾的食材，台湾的四季，

我需要了解台湾的土地，台湾之美。

我觉得自己有责任贡献更多，还有很多事应该要为下一代做，

希望为这片土地上正在学习的年轻厨师们指引方向。

让我们能进步的唯一方式，就是真切地了解自己是谁？

我们来自哪里？

回到最真实的那个——初心。

推荐序 1

真正的台湾之光

著名作家　李昂

为了对江振诚的厨艺有所了解，我不仅在台湾吃过他客席做的餐宴，还特别远赴新加坡，一尝“Restaurant ANDRE”，并和他有过小小的接触。

他留着厨师常见的三分头，干净利落，仍有过去在伸展台做模特儿的美好身形和样貌，不止言谈之间应对得体，举手投足间也焕发着人文色彩。

这是个不只厨艺精湛，而且颇具思想的大厨，难怪能够如此年轻即站上世界性的舞台。读了《初心》一书后，更印证了他这一切成就，皆是多年以来万般努力方有的成果。

他谈自创的“八角哲学”。八角最接近圆形，各有棱角但近乎完美：独特 Unique、质 Texture、忆 Memory、纯粹 Pure、风土 Terrior、盐 Salt、南法 South、工艺 Artisan。以此“八角哲学”，每天看食材进货并根据当下的感觉做菜，没有固定菜单，也没有菜名，分成八列。

比如作为“质 Texture”的这道菜，主要部分上来时让人眼前一亮，一尾不大却很完整的虾，有炸得熟透的虾头、全生的蓝色虾身。用了来自津巴布韦的虾，粗壮、质感、强有咬劲，生、熟之间，一起入口或者分开而食，的确，充分地激荡出了食材的 Texture。

我笑着问他：为什么是炸虾头，而不是保留生的虾头炸熟虾尾？

他用直觉回答：虾头本来就是要用炸的。

对这样一位自我控制极好的大厨，我不免有“Got You”的快感。因为我理解江振诚，他和我一样，了解日本料理的文化里爱将虾头拿去炸好下酒。有一些熟悉的处理食材的习惯，不知不觉中会表现出来。

或者，作为“工艺 Artisan”的这道菜，底层是茄子，中间是鸡冠，上层是三条去骨的鸭舌。大概只有中、法料理吃鸡冠，切小丁的鸡冠与柔软的茄子，是法式。但画龙点睛的鸭舌，巧妙地有了华人特色。高深的技艺让创新的组合惊艳，而且最重要的是相搭、好吃。真是“舌尖上精致美绝的东、西”。

最容易让人辨认出江振诚文化上的融合与混搭的，就数餐厅前面的那棵橄榄树。作为一种图腾，他将温带南法的橄榄树移到热带，专人照顾，在月历上的冬季，还要在橄榄树的根部埋冰，好让它有过冬的感觉。

而他的“混搭”，并不是在赶潮流与时尚，而是出自创造性的自发；是一种来自内在的必需，而非外在的形式，因而能成为厨艺的精髓而不是表相。

《初心》这本书，值得我们仔细地阅读、认真地思考。而有志在厨艺方面发展的人，除了学习江振诚自身孜孜不倦的努力外，更可以从“初心”中得到在世界性的舞台上崭露头角的重要法门。台湾，一起来努力吧！

推荐序 2

他的故事，将鼓舞所有有梦的人！

公益平台基金会董事长　严长寿

江振诚，就是我口中的“小江”，在台湾可能不是那么尽人皆知，然而在国际料理界，这却是一个让人无法忽视的名字。他做的料理，让米其林星级主厨惊艳不已；他开的餐厅，几乎囊括了世界重要的知名奖项；而他历经磨炼一路走来所淬炼而成的人生哲学，更让所有人刮目相看。

说起我与小江的认识，其实有三个因缘。二十几年前，我惊觉台湾空有丰沛的美食养分，但厨艺教育却出现严重的断层，师徒制的没落，让很多厨师找不到徒弟，我们的美食文化面临着凋零的危机。我因此建议当时的教育厅筹办淡水商工餐饮科，而我当时带领的亚都丽致饭店，便负责幕后规划的工作，由亚都的主管参与安排课程设计，并由我们的伙伴协助设计厨房，甚至推荐专业师资。江振诚，就是当时淡水商工餐饮科的学生。

十几年前，因为我的结盟饭店盛情邀约，我来到曼谷的五星级饭店 Dusit Thani Hotel 刚引进的高档餐厅“D’sens”用餐。那是一次美好的用餐经历，只是当时我丝毫未觉，小江正是这间餐厅的厨师，他刚从法国回到亚洲，正要跨出他料理地图很重要的一步。

2000 年，亚都饭店一手提拔的王晓东总经理参与经营的外滩 18 号风光落成，我在这里的“Sens & Bund”才算是正式见到了每个亚都厨房同人都认识的小江。经历了法国学艺的磨炼，并且能说多国语言，那时的振诚已与过去的实习生小江不可同日而语。当后来的作业稳定以后，法国师傅要放手提升有能力的接班人时，能做能说又有想法的他当然是负责这间餐厅的不二人选。

江振诚跟我有两个共通点，我们都不太爱读书，而且都有语言天分。江振诚有他自己与生俱来的创意天赋，虽然有点误打误撞进入餐饮科学料理，没想到这却成为他释放无穷灵感与敏锐感官的出口。最重要的是，他有立定目标之后专注、认真的态度，他勇于面对所有的磨炼。

我印象十分深刻的一次是他在 TED.COM 的演讲，我应邀参加他的演讲会，我向其他人介绍这个我欣赏的年轻人。我跟大家说：“小江曾经在我的亚都丽致饭店待过一年。”小江后来却告诉我：“总裁有所不知，我在亚都恐怕待了两年。因为我下午到晚上在亚都巴黎厅工作，隔天早上我又请求无酬到点心房见习。”原来他为了让自己在短时间之内累积更多经验，分别在我们的巴黎餐厅和点心餐厅打工，把一天当两天用，所以他曾经在亚都工作了两年。

把一天当作两天用，这种一般人所认定的“苦”，江振诚却乐此不疲地投入其中。如此看来，江振诚的成功绝非偶然，他发掘自己的天赋，而后全心投入，勤奋学习，并且勇于把自己放到更艰难的环境中，走出台湾，开阔眼界，增进自己的实力。

我心目中的厨师有几个层次，第一种是“厨匠”，也就是不会创意，只是跟着既定的食谱烧菜。如果可以了解客人的需求，悉心体察客人的好恶与品位，而且能够因人而异，搭配出客人喜好的食品，才能抵达“厨师”的第二个层次。而最高层次则是“厨艺家”，运用自己的创意和美学，把料理提升至一门艺术，让料理传递心中的意念。江振诚正是这种不可多得的优秀厨艺家。

《初心》这本书讲的是江振诚的故事，这十年来，他的故事常常是我每次到各大餐旅相关学校演讲必定会和台下学生分享的范例。他凭借自身独一无二的厨艺天赋，再加上难能可贵的认真和执着，一步一步地踏实筑梦。他是台湾青年厨艺界的典范，但更重要的是，在“餐饮厨艺”已渐渐成为青年学子追寻发展梦想的显学的当下，像江振诚这样隐藏在背后有勇气与毅力全心投入、不屈不挠地走向国际，才是台湾年轻人真正应当努力的方向！

目录 · CONTENTS

前言

两个毕业典礼

有天晚上，我的私人手机铃声响起。“晚安，Chef André（安德烈主厨）吗？”电话的另一端，对方以流利的法语打招呼。手机上没有来电显示，但知道这个电话号码的都是一些熟识的朋友。

“是的，晚安。”我习惯性地转换成法语回答。此时正在厨房里准备上菜的我，忙碌到根本没多余心思去想话筒另一端到底是谁。

“我想订位，六个人，今天晚上。”对方很简洁地说出需求。

“今天晚上？”咦，这口气很熟悉，是哪个老朋友呢？我一边指挥出菜，一边查看外场来客的用餐情况，并且快速翻阅订位表，“你稍等我一下！”

“噢，可以，可以，正好有一桌空出来！你什么时候到？”我一边回答一边确认前场客人用餐的情况，有桌客人用餐已经快接近尾声。忙碌让我一时半刻还想不起电话那端的朋友到底是哪一位。

“三十分钟后！”

“三十分钟,OK！请问您的大名？”我准备把客人的名字先登记下来。

“我，Jacques（雅克）啊！”电话那端传来顽皮的笑声。

“Chef！”我惊讶地大叫，“Chef Jacques！你在哪里？还在法国吗？”我的音调忍不住提高起来。

“我刚下飞机，现在在新加坡机场，正要坐车赶到你那里！”Jacques笑着挂了电话。

Le Jardin des Sens（感官花园）的两位主厨 Jacques 和 Laurent（洛朗）两兄弟虽然是双胞胎，个性却是大相径庭。哥哥 Jacques 轻松幽默，很爱开玩笑，因此我内心仍存着一丝怀疑：是真的吗？Jacques 真的来新加坡了吗？我实在太惊讶了！

这是在三年前，我回到新加坡经营“JAAN par André”的某一天，突然接到的一通意外的订位电话，就是这通电话，让我获得法国料理“出师”最宝贵的肯定！

“要做什么给他们吃呢？要做什么？要做什么？”嘴里一直念叨不停，我平日的冷静瞬间消逝无踪，这下子换我紧张了！半小时后，他们来了！怀着前所未有的忐忑心情，我做了一套菜给主厨品尝。

从厨房向餐厅观望，确定他们用完最后一道餐点之后，我马上走出去。“Chef，今天吃得还可以吗？”我强作镇定地问道。

我仍然清楚地记得当时的感觉。我和 Jacques 已经有很长一段时间没有见面。事实上，当我仔细回想过去十几年，他其实从来没有吃过真正属于我的菜。以前我所做的，都是他们兄弟两人的料理，由他负责开菜单，他指定这道菜要搭配什么，我完全遵命。我对他的料理几乎倒背如流，他喜欢的东西是什么，不喜欢的东西是什么，哪种调味料要特别加重，咸淡如何掌控……我可以说是了如指掌。如果要做他的料理，一点都难不倒我。

但是我从来没有在他面前做过属于我自己的料理，当然他也从未吃过。这是第一次，他所品尝的，完全是以我的想法做出来的料理——这就像是关乎我能不能从今天开始独当一面的毕业考！

Jacques 慢条斯理地擦擦嘴，抬头看看我，这短短一秒钟，宛如等候了漫长的一个世纪的宣判。“André，今天晚上的每一道菜，我完全看不到我的影子！”他微笑地看着我。

这简短的一句话，胜过所有荣誉与奖章，是对我最大的肯定！那一刻，我第一次感觉到自己“毕业了”！

两年后，我带着自己最信任的团队，在新加坡中国城边的老巷子里开了“Restaurant ANDRE”——一家完完全全属于我的梦想中的小餐厅。

Restaurant ANDRE 在短短一年内，受到世界各地重量级食评和料理界的重视，各大媒体争相报道。但在餐厅开幕满一周年的前夕，我还有个未完成的心愿，于是我鼓起勇气拨了一通电话到法国："Chef，我终于开了自己的餐厅，已经快满一年了，你们是我最重要的恩师，我想把这意义重大的第一个周年，与你们一同分享！”我邀请了他们兄弟俩，希望他们都能飞到新加坡，参加餐厅的周年庆，一起分享我的喜悦，见证这辛苦的第一年“白手起家”的成果。

他们俩很爽快地答应了，愿意专程飞来新加坡，和我们一起庆祝！

5 双子星主厨两兄弟的个性极不同，一个主内，一个主外，他们一直是事业上的最佳拍档。主内的弟弟 Laurent，几乎长年待在法国，如果没有特别重要的邀约，平常绝对不随便离开法国，作风非常严谨，出国任务向来都落在哥哥身上。听到弟弟也答应要飞到新加坡参加餐厅周年庆，对我而言，真是意义非凡，我几乎喜极而泣。

这一次，弟弟 Laurent 提前一天与一位助手飞到新加坡。当天晚上，我邀请他们先到餐厅用餐。“Chef，我想做一套菜请你试一下。”

“好！”他答应说。

“不过，Chef，言明在先，我不会做特别的菜。今天晚上给您准备的，跟每一位客人吃的菜一模一样，希望您不会介意。”

“不会，不会。”他露出少见的轻松笑容。

因为我希望能获得最真实的评价，不愿因为特别招待主厨这一桌，忽略对其他用餐客人的服务。我决定把 Chef Laurent 当作到餐厅用餐的一般客人——每一位客人都是我们的 VIP，对每一位的餐点、服务都应该一视同仁。

用完餐点，Laurent 问我：“André，今天出的菜，真的是跟其他客人享用的菜色一模一样吗？”

“一模一样！因为先前向您报告过，我希望您能给我真实的意见，所以不想用特别的菜来讨好您。”

“倘若如此……而且每个晚上都是像今晚一样的水平……”

Laurent 停顿几秒看看我，“那我必须恭喜你！现在你做的菜，已经比我做的还要好了！我非常开心，非常骄傲！”他露出难得一见的满意笑容。

在我的印象中，弟弟 Laurent 很少笑，赞美更是从来没有从他口中听过。他是那种极其严厉、要求完美的人，一有错误，立即斥责，即使是肯定你的好，也全部藏在心中。当时在法国餐厅工作，所有的同事都非常怕他。但对我来说，他却是最亲近的导师，也许是我们个性相近的缘故吧。

事实上，我是弟弟 Laurent 一手调教出来的，当年我跟在他身边，亦步亦趋地学习厨房里的每一件事和餐桌上的每一个细节。相较于哥哥，我可以说是弟弟 Laurent 训练出来的“杀手”，他是我在法国习艺真正的师傅，对我的影响非常深远。因此这一席话对我来说真是意义非凡。如果先前哥哥的来访像模拟考，那么这次被 Laurent 认同的喜悦更不是文字所能形容的，这应该就是所谓的毕业考吧！

这两次不同的毕业典礼，让我感觉到自己真正“长大成人”了，或者可以这么说——我毕业了！

st jacques
couteaux
petit pois
lapin
chips de paella
generosity, colorful, creative is the word for south, and that's also what this dish stands for.

前所未有的华丽盛宴

10

Restaurant ANDRE的周年庆前夕，我突然冒出一个疯狂的想法：既然两位恩师要来，我们三个人何不来办一场美食飨宴？

我把这个灵感告诉两位恩师："我们三个人一起合作一套菜，一个人负责八道，连续三天，邀请特别的客人来参加这场华丽的美食飨宴！"

老实说，这点子其实有点疯狂。但没想到他们欣然同意，随即就把菜单寄给我。

后来弟弟Laurent在品尝我的料理之后，对我给予高度肯定，于是决定要更换之前所决定的菜单，更改后的料理从内容来看几乎是精锐尽出，难度和细腻度明显大幅增加。哥哥Jacques从弟弟Laurent口中得知我在这九年之间进步神速且青出于蓝后，也提出一些更换菜单的想法，最后三个人商量的结果是：全部换菜好了！

两兄弟的态度严谨专注，让我打心里觉得这回是玩真的！最后大家决定一个人做八道菜。两兄弟重新开出的菜单，全是压箱底儿的著名料理。原本一组套餐是八道菜，但我们决定把三个人的三套菜当成一个组合。也就是说，那三天受招待的客人，每人都可以品尝二十四道名厨的拿手佳肴，道道都是不可多得的经典！

那真是最最过瘾的时刻！我们依照各自的菜单开始安排，因为三个人彼此都很熟，谁先出菜，谁接棒，配合得非常默契。一道道美味佳肴就这么“啪啪啪”地端上桌，美妙顺畅得如同优美的华尔兹。连续三晚，我们三个人一共为大家带来了七十二道截然不同、各具特色的料理,每一个前来赴宴的客人都为这“六手联弹”而惊艳不已。

我心中洋溢着满满的喜悦、感激与骄傲！我有一间餐厅，我让老师亲眼见证我这十几年来努力的成果。阔别多年，我和两位恩师此刻居然可以在同一个屋檐下、同一间厨房里做菜，那种紧张、兴奋和感动，仿佛将十几年前那段汗水与泪水交织而成的灿烂时光，再度召唤到我的眼前。

就在那一刻，我才觉得，终于可以毫不压抑地做真正的自己了！

Chapter——1

餐桌。

" a most classic terroir dish from
the south of France.
Rustic but Elegant at the same time "

餐桌上的美味关系

我们全家人聚在一起的美妙时刻，都在餐桌上。美味的料理，就是把我们一家人联系在一起的最重要的媒介。

印象中，每次到了吃饭时间，餐桌上总是堆满一道道菜肴。妈妈会针对每个人的喜好和口味，烹调出不一样的菜色，满足饭桌上的每一张嘴。一顿饭，五个人，端上桌的，鸡、猪、牛、羊、鱼虾贝类，蒸煮炒炸，汤汤水水应有尽有。别人家是四菜一汤，我家应该是八菜一咸汤一甜汤吧！记忆里的那张餐桌，摆的几乎都是大鱼大肉，感觉像永远都吃不完的满汉流水席。

我家有五口人，爸爸、妈妈、姐姐、哥哥，我排行老幺。一般家庭也许是妈妈炒什么菜，大家就吃什么，但是我们家的状况和一般家庭不太一样。哥哥、姐姐还有爸爸都是“挑食”一族，哥哥无肉不欢，不吃青菜和鱼，碗里除了白米饭，往往只有肉——牛肉、羊肉，就是要大块大块的肉才对他的胃口；姐姐则偏爱吃鸡肉；爸爸喜欢喝汤。相较之下，我是属于比较不偏食的小孩，鱼和蔬菜都是我的最爱，口味和妈妈喜欢的食物也很接近。我们一家五口吃饭，各有喜欢和不喜欢的口味，要满足大家的味蕾，对料理三餐的妈妈来说可是一大挑战。

从我有味觉记忆开始，对于餐桌上摆满各色菜肴这件事，并不认为有什么特别，总以为每个家庭吃饭应该都是这个模样。直到有次到朋友家玩耍，朋友的父母好意邀请我留在他家吃饭："天色已经晚了，江同学，吃完饭再回家吧。"这次在朋友家的用餐经历让我发现，原来并不是每个家庭的餐桌菜色都是那么丰盛。

我并不是个挑食的人，但尝过朋友家的饭菜后，我开始对料理"好不好吃"有了概念。那天在朋友家当然不好意思说，直到晚上回家，没有得到满足的胃似乎开始想念起"妈妈的味道"。我告诉妈妈："今天在朋友家吃饭，他家的菜，我实在吃不习惯。"

这件事让我印象深刻，但直到年纪稍长，我才真正体会到自己家里吃饭的情形，真的跟别人家很不一样，也慢慢对食物有了不同的感觉——原来只要一桌子的美味佳肴，就可以令人感到无比满足的幸福！

妈妈的料理中，我特别喜欢吃她亲手做的辣椒腌鱼。这道有浓浓"妈妈味"的腌菜，做法是先把鱼一块块切断，用调味料腌渍后下锅油炸，之后再用辣椒酱拌煮入味。妈妈用的辣椒酱不是从外面买的现成的，而是自己手工调制而成，属于独门秘方。

小火酱煮鱼块入味后，先起锅放凉，才放入腌罐。这道腌菜看似家常，制作起来却很费工，需要有相当的耐心。成品出炉，一块块略带焦黄的鱼肉，润渍了暗红的辣椒酱汁，香辣中带着一股咸渍酥香的朴实滋味，配饭或拌面，总让我一口接一口几乎停不下来。

一直以来，我因为工作跑遍世界各地，不论是法国、日本，还是国内的上海，甚至在印度洋上的小岛，或是现在落脚的新加坡，妈妈一定都会为我准备这道辣椒腌鱼，以宽慰我的思乡之情。妈妈做的这道辣椒腌鱼就是我永远的乡愁吧，不管走到哪里，都牵引着我浓浓的思念。

除了家里的料理，妈妈做给小孩的便当更是和别人不一样。也因此从上幼儿园开始，一直到小学、初中，中午的吃饭时间总是我最期待的时光。同学们多半贪图方便，在学校订营养午餐；少部分的人则会带家里做好的冷便当，上学时送到学校厨房蒸热吃。

我总是班上唯一的例外。妈妈从不让我们带冷便当上学，她总是亲手现做便当。她看准时间现炒、现盛，每日准备不同的菜色，再将热腾腾的料理放进便当盒，而且是饭菜分离，加上汤、冷菜和水果，通常需要用到四五个盒子。然后她再骑摩托车把便当送到学校门口，让我们三个小孩能在午餐时刻享用到“厨房直送”最新鲜美味的现做热便当。

便当盒里的饭是刚煮好的，菜是现炒现煮刚起锅的，完全跟餐厅大

厨刚炒出来的一样鲜美。三个小孩中，妈妈替我准备的便当永远都是比姐姐和哥哥更多、更大的组合便当，一个便当盒大约又是一般学生便当盒的两倍高，两个便当盒盛装的饭菜，大概就是三人食用的分量。

于是同学笑称我是“便当王”“大胃王”，刚开始我常向妈妈抱怨：“可不可以不要带这么多菜，根本吃不完！”

妈妈总是笑着回答我：“你吃不完没关系啊，可以分给其他同学吃。”所以，如果看到哪位同学的便当菜色不是那么好，或是分量没有那么多，我就和那位同学一起分享我便当里的菜。

妈妈替我准备的便当，至少都有三菜一汤，甚至是四道菜，外加一只鸡腿，非常丰富！所以在吃的方面，我从来没有羡慕过别人，我甚至很得意，在口腹的满足感上，我始终比许多人都来得幸福。

妈妈对饮食的重视，也影响了我对“吃”的看法。妈妈不喜欢我们外食，因为出门在外多半会屈就时间、金钱或习惯，不按时吃、偏食、吃得不均衡，结果一定吃不好又不健康。

即使我们有时回家已经过了吃饭时间，准备将就泡个方便面吃，妈妈都坚持亲自煮那碗泡面，她的理由是：“只吃泡面，太不健康了！”妈妈煮的泡面，一定会加肉片、蛋，以及很多很多的蔬菜、蒜油和葱花。即便只是一碗小小的泡面，她仍然坚持要煮得很丰富。她毫不妥协，对我们三令五申：“绝对不准只用热水泡面吃！”

我们家有许多不成文的食物禁令：绝对不准乱吃东西，绝对不能吃没营养的东西。妈妈也不让我们吃蒸的便当、生冷的食物。总之，“吃的东西，绝对不能随便”这句话，几乎已成为我们家餐桌上的口头禅。

从小，除了“吃，不能随便”之外，妈妈还灌输给我的另一个观念是“做菜，也不能随随便便”。她以身作则，吃饭讲究饮食均衡，只要在家用餐，她都会尽力准备各式各样的菜色，有菜也有肉，有清淡的也有重口味的。也因此，在家里用餐常常比在餐厅吃得更丰盛。

从小在这样的环境中长大，自然深植了“料理是一种分享”的印象，而这也形成往后我对食物、料理的高标准。我想，我对吃的坚持，应该从小时候就被潜移默化了吧。借着食物，妈妈传递她对家人的关爱和照顾，也悄悄在我心中播下我对料理无尽热忱的种子！

餐桌在我的生活里扮演着举足轻重的角色。小时候，餐桌是渴望可以被满足的地方；直到二十岁离家独自到法国学艺，我才慢慢体会到妈妈的用心，更深刻地了解到餐桌上的美味时光，也是人生中最美妙的分享时光。

妈妈的料理启蒙课

小时候，我们几乎每个星期都会上一次川菜馆。我们家有个奇怪的习惯，每次去餐厅，一定都会点相同的菜色：清炒虾仁、宫保鱿鱼、炒鳝糊……只要我们一坐上桌，不需多说，餐厅里熟识的领班阿姨马上就自动替我们开出菜单。

妈妈的想法是这样的："到新餐厅尝试新的菜色，万一不好吃，不但白花了钱，还让人生气，影响食欲。"套句她常说的话，不好吃的菜，简直就是"浪费我的卡路里"。因此久而久之，上固定馆子、吃固定菜色的奇特习惯，变成当年我们家外食的"传统"。因为妈妈对饮食这件事的看重，我们鲜少光顾陌生的餐厅。如果真要到新餐厅吃饭，我和哥哥、姐姐总会率先跑去试吃，确认味道还不错，可以过关，才会安心带妈妈前往。否则万一妈妈对餐点的印象不佳，结果可是很麻烦的。

直到现在，只要到了休假日的中午，我和太太也沿袭这个从小养成的习惯，外出到固定餐厅用餐，点同样的餐点。也许对我来说，固定到习惯的餐厅，吃习惯的美味料理，就是生活里一种无可取代的安心吧！

回顾那段时光，几次外食的经历，往往变成妈妈与我的味蕾探索之旅。透过美食的交流，妈妈和我在餐桌上培养出了浓厚的感情。平常我和妈妈不一定有机会聊天，但如果在外面餐馆用餐，妈妈终于得以空闲，便会和我展开关于食物的讨论。

“妈，以前我们没有吃过这一道菜，还不错耶！”

“你觉得里面有什么东西？”妈妈会接着问我。

“葱、蒜……嗯，我还尝到一点香菜的味道！哦，还有白胡椒，一点点辣椒。”闭上眼，我启动舌尖上的味蕾，嗅觉雷达开始敏感地搜索着，“哦，我还吃到了酱油，啊，还有姜片！”

此时，妈妈的眼睛总是变成一弯新月，温柔地对着我微笑：“下次我们自己来做做看！”我还没进餐饮学校时，我们母子两人就时常在饭桌上展开有趣的“美食猜谜”。妈妈甚至还喜欢把外面吃到的好料理根据个人口味加以改良，因此江家餐桌总是不乏惊喜，我们时常可以品尝到妈妈的改良版新菜！

或许是妈妈知道我对料理充满兴趣，加上我的个性细心，对小细节尤其谨慎，我和妈妈之间很自然地多了许多关于食物的话题。现在

回想起来，妈妈好像通过每一次用餐经历，慢慢地训练我。对一个厨师而言，味觉何其重要，而妈妈每次的“美食猜谜”，不只充满了对儿子的关爱，更表示了她对我的了解与支持。

除了“美食猜谜”，妈妈也教我仔细去体会每一口食物入口的感觉。我跟妈妈到餐厅吃饭，不晓得她是刻意或无意，常常在我吃完之后，要求我说出自己对这道菜的感觉。如果我说：“我很喜欢这个味道。”妈妈回家后就会依样画葫芦，做出我喜欢的那个味道。如果我说：“还不错，但我更喜欢蒜头多一点，炸得酥一些！”妈妈就会依照我所描述的，重新改良调配，然后做出我心目中期待的这道菜的味道。

“料理课”可没那么简单就结束。把菜吃完后，妈妈会公布她独家的改良秘方，“我学了这道菜，但多加了这个，再加了那个……”或是“我认为拿掉姜，加上酱油，一定会更好吃”。妈妈兴致勃勃地说完，总不忘再补上一句，“过两天，妈再做一次给你吃，尝尝不一样的味道”。我永远记得妈妈在谈论这些美食的话题时，眼睛里闪耀的光芒，比夜空中的星光还要灿烂。

厨房既然是妈妈的实验室，我们自然而然成为最有口福的“白老鼠”。过两天，妈妈总会实现承诺，把菜肴重新做一遍。一道老菜经过她的巧手，宛如变魔术一般，瞬间变成升级版佳肴！

其实妈妈当时的心意是这样的：如何把一道菜，变成让三个小孩都喜欢的模样？她运用自己对食物的充沛知识，这里加加，那里减减，经过一次次试验调整，最终烹调出我们家人最喜欢的味道。

现在我以专业厨师的身份回首这段过程，才猛然惊觉妈妈的用心良苦，她对饮食和家人的用心，已经超过魔术师的幻觉把戏，她是用料理来读一个人的心。料理，就是妈妈充满爱的读心术。而我就在这样的训练之下，自然而然、无比愉悦地开启了美食感官。

年纪更长以后，妈妈对我的要求又更高一些了。每当全家出去吃饭时，她总会率先提问：“这道菜里面有什么？”

我会回答：“嗯，我吃到蒜头的味道，还吃到姜的味道。”

于是妈妈再问："那这道菜里的蒜头和姜，又是用什么方式料理的？"

"蒜头先爆香，姜腌过后再炒。"我充满自信地回答。看似轻松的一问一答，对我来说却像经历了一次又一次的美食随堂测验。

她之后会揭开谜底，这道菜里其实多加了某种特殊的调味香料，或是经过某种特别的烹饪技巧，才会产生如此与众不同的滋味。这个"吃中学"的历程，让我对食物与料理的兴趣越来越浓厚，敏锐度也越来越高。

如此反复再三，这逐渐变成我和母亲的共同兴趣。刚开始像师生之间的教导与学习，之后进步为两个志同道合的人相互切磋较劲。我们用心品尝，彼此交流美味的悸动，再挖掘每一道奥妙料理的深刻秘密。当我对食物的了解越来越多时，我会抢着表功，说出连妈妈都猜不出的食材或是做法，这种小小的胜利与得意感，也逐渐让我对食物培养出更丰沛的自信！

于是，我开始对"食物"有了不同的感觉。食物并不简单，食物不只是一种满足口腹之欲的生活必需品。对我而言，食物，不仅是"食的物"，还充满深奥且迷人的学问。而料理，也不是把食材煮熟，或用花哨的技巧，最重要的是在其中投注的感情，唯有"用心做菜"，才可以让吃饭的人感受到你的心意。

不容妥协的完美主义

我还小的时候，有段时间，妈妈在日本的中餐厅工作，这段时期她几乎是“空中飞人”，中国台湾、日本两地跑，非常辛苦。那时爷爷、奶奶住在台北石牌，离我们在士林的家不远。也因为如此，我儿时的部分时光是跟着爷爷、奶奶住。

爷爷接受日本教育，会说日文，是一个高学历的知识分子。在长辈口中的“日本时代”，爷爷是一位很有名望的医生，社会地位崇高。也因为如此，爷爷、奶奶的家庭教育特别重视规矩。奶奶经常挂在嘴边的一句话就是：“什么东西拢不能青菜（随便）！”

中国人讲究礼节，行止有分，长辈可以不拘小节，但是身为晚辈的我，就是不能贸然伸手和长辈“勾肩搭背”。这个对传统坚持的分际，是我从爷爷、奶奶家耳濡目染的严格家教中学到的。

爷爷、奶奶家虽然很热闹，但爷爷很有威严，奶奶年纪也大，因此我和他们深入聊天的机会并不多，而隔代教养的生活环境，也让我

比一般同龄小孩更加早熟，懂得学习独立自主。

爷爷、奶奶共有五个小孩，我们家是个人丁兴旺的大家庭。爸爸排行老大，他有三个弟弟、一个妹妹。逢年过节，叔叔、姑姑、婶婶，加上各家小孩全员到齐，整个家族聚在一起，光吃饭就要开好几桌，非常热闹！在爷爷、奶奶家吃饭，是非常难忘的经历。用餐时间快到了，爸爸和叔叔们唯一的“工作”就是看电视，陪爷爷聊天。煮饭做菜完全是太太们的事，所有媳妇女眷全都在厨房里忙碌着，“君子远庖厨”的场景，在这里得到了充分的印证。

饭菜煮好，准备端上桌。这时候，辈分小的人就要负责招呼大家吃饭。宽敞的饭厅里，摆了两张大圆桌，爷爷一定是第一个上主桌、坐大

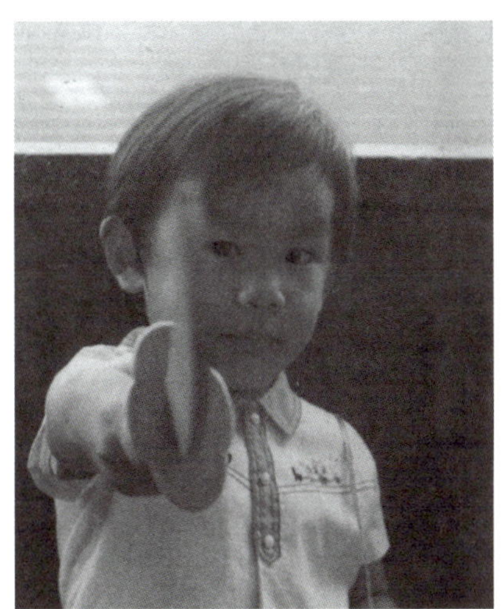

位的男主人，等到爷爷坐定，其他人再依照辈分一一顺序就座。规矩是男人一桌，女眷一桌，小孩则没有资格上桌。大人开始吃饭后，妈妈们会帮小孩们把饭菜夹好，然后让他们端着饭碗坐在电视机前面吃。我很小的时候，就在爷爷、奶奶家品尝过“电视餐”的滋味。

要等到大人吃完饭、离开饭桌，没吃饱的小孩才有资格上桌吃饭。爷爷、奶奶家的团圆聚餐，都得按照这个规矩来，没有例外。即使过年打麻将，也不能坏了规矩。上牌桌的顺序一定是二叔、三叔优先，辈分小的得等大人坐定才能上场。四四方方的一张麻将桌，每个位置都必须按照辈分大小顺序来坐。更严格的是，只有男人可以上桌打牌，太太们必须安分地坐在自己的先生后面。

听着牌桌上“沙沙沙”厮杀声不绝的“方城之战”，太太们只有作壁上观的份。这个场景，现在看起来会觉得不可思议，让人难以想象，对我却产生了深远的影响。

譬如对曾经启蒙我的主厨，不管我们感情多么熟络，只要见到面或者提及他们的名字，我仍然是恭恭敬敬地称呼他们“Chef”。即使他们拍着我肩膀说：“嘿，我们已经很熟了！”或赞美我：“André，你的餐厅已经做得比我的好，不要客套，叫我的名字就行了！”但是烙印在我脑海里的是“Chef 永远是 Chef”，就像中国人所说“一日为师，终身为父”的观念，不管我和主厨有多熟稔，感情多亲密，或是我已经小有成就，天地万物运行不止，然而有些事情就是必须按着规矩来。人与人，人与事，人与物，永远存在着一道不可轻易跨过的界线。

尽管我们家不像大部分家庭一样，天天有机会聚在一起，我还是很庆幸自己有好姐姐和好哥哥。姐姐是家里的长女，跟我差七岁，哥哥则大我六岁，我和他们两人岁数差得颇多，我早熟的性格，也许与姐姐、哥哥年龄的差距有关系。因为他们在我之前，都先做过调皮捣蛋的“坏事”，我才得以提早见识到不听话的“后果”，提早得到“教训”。

他们调皮捣蛋的事可说有一箩筐！有次餐桌上摆着一瓶饮料，我问妈妈：“这是什么东西啊？”妈妈严厉地说：“这是酒。听着，这是大人的饮料，你们几个不要给我乱动，不准偷喝，知道吗？！”

我是家里的乖宝宝，妈妈说什么我都会听。可是哥哥就不那么安分了，妈妈前脚一走，他马上把手伸向酒瓶。“哥！妈刚才说，不能乱动，不能偷喝！”我着急地提出警告。

“妈又没有看到！”哥话一说完，马上猛地把酒瓶拿起来往嘴里“咕噜咕噜”灌，我连阻止都来不及。

妈妈听到声音，回头正巧撞见这一幕，人赃俱获。“完蛋了！”我心想。只见妈一个箭步上前，立刻抓起哥的手臂。“你这小孩怎么这样大胆，酒也敢给我拿来偷喝！”“啪”的一声，妈一巴掌就往哥哥的屁股上扇了过去。

“哦，好痛啊！”

哥哥和姐姐两人的年龄只差一岁，有时候他们一言不合还会打起来，我坐在旁边观看，常常觉得他们两个人很奇怪，百般无聊的话题也可以吵得这么厉害。但是老实说，看他们打架其实还蛮有趣的。最后的结局，通常都不好玩，因为一旦惊动到爸妈，最后两人不是被罚站就是挨棍子打，下场都不是很好。

这些“惨烈事迹”在我眼前一一发生，所以从小我就知道：哦，这东西是不能碰的，否则下场就是这样。哥哥、姐姐的前车之鉴，让原本个性就比较谨慎的我，早先明白事情“做对”与“做错”产生的后果，也因此不会轻易重蹈覆辙。

姐姐和哥哥也曾抱怨:“江振诚,你这个人很奇怪耶,都不会做错事！”但我从小就是这种个性，我心里总觉得他们两个人好傻啊，明明大人已经提出警告，自己为什么还招惹麻烦呢?

老实说我心里也曾这样想，他们应该是比较正常的小孩吧！小孩子不懂事,难免会好奇想尝试。但根据哥哥、姐姐“身先士卒”的经历，我发现自己不需再犯错，因为有人早一步先帮我测试后果了。这样的成长环境深深影响了我，养成我不容许自己轻易犯错的性格。

我的个性可以说比一般孩子早熟，自制力强，很少任性，也从来不会羡慕别人。小时候不习惯犯错，现在如果遇到问题，我的第一个反应就是马上解决，不容许有犯错的可能。朋友有时候受不了会开玩笑:“哎，你很麻烦！”的确，我是个十足的完美主义者，对于错误，特别是专业领域上的错误，我丝毫不容许任何妥协。

因为要求自己不能犯错，追求完美，所以踏进料理领域这一路以来，尤其是在法国七八年期间，我下意识地要求自己绝不准喊累，不准说辛苦。每当体力耗尽、身心疲乏时，心里马上会跳出一个严厉的声音:“André，你没有资格放弃！半途而废，是一种懦弱的行为！”我告诉自己，这些辛苦都只是一段过程，一定可以挺过去，坚持下去，绝不能认输！这么一想，牙一咬，所有的辛酸汗泪都在吞入喉咙那一刻，化作了鼓励自己继续前进的力量。

难以忘怀的夜市滋味

我的童年和青少年，除了家里的餐桌及外面的餐厅，有很长一段时光就是在夜市的食物香味中得到滋养。

放学后或打工下班后，我往往不会直接回家，总是提早在剑潭下车，来一趟“夜市巡礼”。一定要到夜市转过一圈之后，才会心甘情愿走回家，这个习惯我一直无法“戒”掉。即使现在回台湾，只要回到士林的家过夜，晚上一有空，我就会跟妈妈说:“我到夜市去散散步！”

逛士林夜市最大的目的，或者该说最大的享受，就是吃！我几乎来者不拒，什么都喜欢吃，知名的珍珠奶茶、蚵仔煎、豪大大鸡排、盐酥鸡、东山鸭头、大饼包小饼、大肠包小肠、夜市牛排、鱿鱼花枝羹、铁板烧、士林香肠、盐水鸡、加热卤味、烤肉串、烤玉米、麻辣臭豆腐、天妇罗……双腿逛到哪儿，我的嘴就吃到哪儿。夜市里的每摊小吃我都如数家珍，回家前痛痛快快吃一轮饱足是一定要的，有时当场吃不过瘾，还会打包带回家。

碰到哥哥在的时候，我们俩简直就成了士林小吃“无敌双人组”。由于他长期练习游泳和单车，身材结实壮硕，晒得黑黑的，属于阳光型运动家的体格。运动量大的他，很能吃；而我，很爱吃。只要我们兄弟俩一起逛夜市，就是从夜市街头的第一摊开始一路吃到夜市街尾最后一摊，一直吃到肚皮鼓胀快撑破，没有空间装任何东西了，两人才摸摸肚皮，意犹未尽地喊：“明天要再来！”

士林夜市现在被外国观光客列为来台必“吃”的朝圣地标，以前是士林的庶民小吃“灶脚（厨房）”。那时候，士林夜市范围主要在文林路、基河路、大东路间三角区域，主要的“美食大厅”是一座由铁皮搭出来的大棚，铁皮棚下一摊摊滚着热气、炸出油香，或是红绿搭配的美食相互竞艳。脚刚踩进来，马上可以感受到人声鼎沸的兴奋感，鼻子更直接被香味勾着走，这也想吃，那也想买，欲望全都被挑逗起来。

但是，士林夜市更好玩的地方，其实是夜市巷道里的迷人风景。小小窄窄的巷子里面，有卖衣服、生活用品的，还有最流行的创意商品，不管是夜市版、山寨版，都让人看得眼花缭乱。

巷弄里的美食更是毫不逊色，一辆辆单人可以推动的活动餐车，摆阵出来的美食，吃的、喝的、冰的、炸的、烤的、蒸的、甜的、咸的……南北风味五花八门，什么都有，什么都很便宜，令人无法抗拒。

但是如今的士林夜市已经不复当年荣景，原来的夜市旧址迁了又迁，形态一改再改，当年的“Night Market”早已不再是“Market”，取而代之的是地下街里的“food court”，老店的灯一间间熄了，令人不胜唏嘘。尽管它已经是世界公认的观光景点，然而每天仍有警察来扫荡摊贩，这是让我这个在士林长大的当地小孩永远也搞不懂的。

台湾的夜市，很能令人放松。摊贩叫卖的吆喝声，空气中阵阵层叠的食物香气，窄窄巷道里摩肩接踵的人们……它不仅是儿时快乐的记忆，更鲜活地呈现出台湾庶民丰富和活力十足的饮食生活文化。

在这里，可以讨价还价，可以只聊天不买东西，可以同坐一条板凳随性和陌生人一起吃美食，台湾特有的“人情”文化，在夜市里充分展现出来。这和其他地方那种井然有序的市集，又是截然不同的感觉。

尽管现在士林夜市的风貌已经和我小时候不太一样，巷子里的摊贩少了，外国观光客多了，但只有走进台湾夜市，那股活力与自在的特殊氛围，才会让我这个“台湾游子”，有真正“回家”的感觉。

莫忘初心

/ 食物，充满深奥且迷人的学问。而料理，最重要的是在其中投注的感性，唯有“用心做菜”，才可以让吃饭的人感受到你的心意。

/ 餐桌是渴望可以被满足的地方；直到二十岁离家独自到法国学艺，我才慢慢体会到妈妈的用心，更深刻了解到餐桌上的美味时光，也是人生中最美妙的分享时光。

/ 小时候不习惯犯错，现在如果遇到问题，我的第一个反应就是马上解决，不容许有犯错的可能。

/ 辛苦只是一段过程，牙一咬，所有的辛酸汗泪都在吞入喉咙那一刻，化作了鼓励自己继续前进的力量。

Chapter——2

料理，初相遇。

美丽的机缘

对我来说，餐饮只是一个兴趣，我喜欢吃美食，原因是妈妈喜欢煮，而且煮的东西很好吃，让我从小就感受到吃东西是件快乐的事。但对这份快乐的热爱，还没有热切到一定要念餐饮学校不可。

人生的变化何其微妙，我现在是个厨师，但当时站在人生未来志向的十字路口时，却从未把“餐饮”当作一个可能的选项。

读初中时，我的成绩并不是很好，因此毕业后，我没报考普通高中，而是直接报考高职学校。我从小就对语言学习很感兴趣，除了英文，日文和广东话也多有触及。因此我的志愿表上，除了当时热门的电子科、资料处理科，我也加上了商用英文科的选项。

联考成绩发榜，我考上了育达商职的商用英文科，然而我心中仍然有个念念不忘的美术梦。小时候，我常常跟在姐姐身边。她很喜欢随手记录心情点滴，除了文字，还会加上丰富的插图，看在我眼里，就像一本有趣又精彩的图画书。小小年纪的我，每当翻开姐姐的笔记本，总是眼界大开，无论画漫画或写字，姐姐都很有一套。一般人写字可能只是四四方方地局限在格子里，但姐姐笔下的字，就像在唱歌、跳舞一样充满形态与表情，仿佛有了生命般跃然纸上。

姐姐后来选读美工科，精进自己的艺术造诣。或许是受到姐姐耳濡目染的影响吧，举凡她读过的美术相关书籍、练习用的素描本，我都会拿来反复看。加上自己对画画也充满兴趣，心生向往之余，我在心中暗暗立下志愿：“我也要跟姐姐一样考美工科，精进美术！”

除了语言，什么是我的一技之长呢？老实说，我当时心里没有具体的想法，只知道自己喜欢画画。“这或许就是我的一技之长吧？”内心涌出了这样的声音。当时的复兴高中美工科是美术爱好者的第一志愿，它采取独立招生方式，除了考学科，另外还要加考素描和水彩两个术科，两项分数加总，合格才能入学。应试者必须要有美术底子，当然学科成绩也不能太差。有些人为了术科考试，还特别另请家教或到美术补习班恶补，竞争非常激烈。虽然我没特别学过美术，只是纯粹喜欢画画，但即使如此，仍然想去试试看。

第一关的学科考试，我很顺利地通过了，并取得术科考试的资格。术科应试当天，我素描一双 ALL STAR 球鞋。终于等到发榜，没想到术科考试也过关了，我顺利考上复兴美工！

与此同时，我还另外参加了“省立”高职的联合考试，应试者凭着成绩“排队”申请学校，分数高的优先选系。我当时的分数并不是

很高，本想就此放弃选读省立高职的机会，但婶婶鼓励我还是去试试看，说不定有机会被“省立”淡水商工录取。

读初中那段青涩岁月，我就是在淡水度过的，因此对淡水有着特别深厚的情感。当时还没有捷运，游客不多，小镇洋溢着浓浓的古朴人情味道。宽广的淡水河，流动着和缓明亮的水光，让人有种轻松悠闲的感觉。

淡水商工是当时名气最响亮、科系最多的高职，同时也是淡水地区唯一一所公立高职。学校环境优美，背倚大屯山，面向观音山，远眺可以看到悠远流长的淡水河风光。在这样的环境中学习，我当然求之不得啊！于是我便听从婶婶的建议报考淡水商工。当时我并不知道，选填科系那天，竟然是扭转我人生的一个重要日子！

那天早上八点不到，婶婶便带我抵达淡水商工。此时校园里已经挤满人，几个热门科系的报名桌前更是大排长龙，比参加联考的竞争还激烈。除此之外，淡水商工在那年新增了几个科系，因此把入学的分数拉高许多。看到这场盛况，再加上入学门槛的提高，我没什么信心，觉得自己大概没什么希望了。

选填志愿的方式是这样的，大家一起排队，分数高的优先撕榜，如果心中理想科系的名额满了，就要赶紧换另一个科系。我忐忑不安，跟着人群排队，一看哪个科系比较有希望，就赶紧“卡位”。然而眼看前面队伍一直有人插进来，无奈的我只好跟着人龙退、退、退，

心里的希望也渐渐破灭……很快地，几个原本认为较有希望的科系全数额满了，气氛越来越紧张。最后，只剩下餐饮科和园艺科两个科系还有名额。

那一年，台湾的餐饮教育才刚起步，餐饮科在当时并不是很普及的科系，所以填选的人并不多。“到底要排哪一科呢？”我心中犹豫不决。“没关系啦，你赶快去排，先入学再说，如果不喜欢再转系！”婶婶这么建议我。

我继之又想：园艺科不知道要做些什么？种树吗？唉，我一窍不通啊！想着想着，双脚便自然而然地往餐饮科的队伍移动。到了最后

的紧要关头，餐饮科也突然热门起来，我拥入了排队人潮。完蛋了，应该没有我的份……

此时，招生老师开始计算最后的名额："一、二、三……对，同学，就是你，到你为止！"老师指着我的那一刻，我的心紧张得跳个不停。啊，点到我了！我看到老师露出微笑，仿佛幸运之神的喝彩，那幅景象至今仍清晰地烙印在我的脑海里。那一年，我是全校倒数第三个进入淡水商工的学生。

于是，我有了三个选项:省立淡水商工餐饮科，私立育达商用英文科，或者是私立复兴美工。我到底应该选择哪一条路呢？爸爸在此时表达了他的意见："你姐姐念美工科，但你一个大男生，应该找一个比较实用的技能来学习！"做生意的爸爸想法实际，他认为学美术需要花很多钱，就拿学费来说，很可能是公立学校的十倍之多，但毕业后却不一定有什么成就，甚至连找到一份好工作都很难。

爸爸的一番话让我重新思考：如果家中经济能力无法负担我学习美术，那我就去选择高职，一来至少是公立学校，二来餐饮对我而言应该不会太难，就决定去念淡水商工餐饮科吧！并非刻意安排，就这样有点误打误撞地进入了餐饮学校，现在回想起来，这或许是我人生中所遇见的第一个美丽机缘。当时并不晓得，这一个小小的决定，却是我在料理之路上最重要的起点。

小小实习生

我的高中生涯就在淡水商工餐饮科展开，如今回想起来，那真是一段充满惊奇与无限可能的青春岁月！

一年级的课程着重在基础教育，什么都要学，并未细分中餐、西餐的类项。然而通过这一年的通才学习，学生可以找出个人的专长与喜好，老师也能经由这段时间的观察，帮助学生找到最合适的发展方向。我的功课普普通通，倒是结识了另外两位好同学，三个人因为喜欢打篮球、开玩笑，整日嘻嘻哈哈，博得“嘻哈三人组”的称号，成为学校的风云人物。

学校远在淡水的山腰，大部分的同学包括我都是坐校车上学。校车非常准时，万一错过，就必须自己搭公交车。偏偏公交车班次又很少，时间难以掌握，而且还必须转车，所以一旦没搭上校车，上课铁定迟到。

那时候我住在石牌的奶奶家，要是自己从石牌搭车，沿路必须经过北投、关渡才能到淡水市区，然后再转搭出租车，千里迢迢才能抵

达学校。也就是说，一旦迟到，势必会惹来一连串的麻烦:要花时间，要花出租车钱，还要被纠察队留下不良记录。

我一向都是循规蹈矩的好学生，但马有失蹄，有一次不小心错过了校车。其实本来可以硬着头皮走进校门，但是那一次不知为何，一早起来心中就烦闷不已，又碰上错过校车的倒霉事，突然想起先前有位同学说学校周边有处矮墙，不如爬墙溜进去上课，就没人发现我迟到啦!

其实“偷鸡摸狗”本来就不是我的风格，但那次不知为何心存侥幸：爬一次试试看，不会就那么倒霉被抓吧！结果人算不如天算，老天爷要整我，躲也躲不掉，我竟然就这样被训导主任逮个正着。被当场抓包的我完全无法理解，为什么别人爬墙都安全过关，我才投机这一次就当场被逮？然后我就被带到训导处悔过，第一次“犯罪”的感觉，唉，实在太糗了！

事情还没结束，隔天早上的升旗典礼，训导主任上台报告，竟然一一念出“不良名单”，抽烟的、逃课的、翻墙的……被点到名字的同学必须出列，在全校师生面前罚站。这份名单当然包括昨天自以为侥幸翻墙的“江振诚”，感觉实在糟到了极点。

后来，轮到校长站上讲台：“这次英文抽考，有几个同学表现杰出，学校要颁发鼓励的奖状，被念到名字的同学，请跑步上台领奖。”然后校长大声喊出优秀学生的名字。

“江振诚！”校长洪亮的叫声把我吓了一跳。怎么又是我？！前一分钟，我才因为迟到翻墙被罚站，这一分钟，又被点名“成绩优异”要上台领奖。这天早上宛如洗三温暖，最坏的事、最好的事，都和江振诚有关。虽然这只是一件小事，却让当时的我知道，我可能没有耍小聪明的天分，还是按部就班、脚踏实地、遵守规矩为妙。

度过无忧无虑的一年级，到了二三年级时，学校开始让餐饮科的学生接触产销实务，并挑选术科成绩较优秀的同学进入产销班，到校内的实习餐厅工作。就像实际经营一间餐厅一样，后场的人要学会计算成本、筹划菜单；负责外场服务的，则要把自己变成专业的经理，

掌控餐厅第一线的状况。

虽然充满考验，但产销班订货、准备菜单、打理用餐细节的实务工作却深深吸引着我，这比上课有挑战性，也有趣得多了，因此我一心一意想进入产销班。皇天不负苦心人，因为术科成绩表现出色，我终于获选。如愿进入产销班厨房之后，我心中渐渐产生一股找到未来方向的安定感，这可能就是我以后要做的事业！

每天中午餐厅都要营运，老师就是我们的客人。由于每个老师的用餐时间不一，因此他们要来之前必须先订位，我们也能借此掌控食材的分量。餐厅运作得有模有样，对我来说，是新鲜又刺激的餐饮经营体验。

关于未来的事业蓝图似乎更清楚了。“料理，就是我的志向！”当这个想法涌上心头时，我燃起一股熊熊斗志，准备迎接眼前的所有挑战！

然而，我的求学过程并非全然顺遂。从一年级开始，我就利用课余时间打工。因为提早进入职场的关系，我的所见所学都比一般同学丰富，也因此我的术科成绩始终名列前茅。但这些丰富的见闻和早熟的性格，也为我的校园生活掀起了不小的波澜。

某次学校的料理测验，规定一个人要做前菜“酿蔬菜”、主菜“白酒海鲜意大利炖饭”与甜点三道菜。校方备好食材，由学生自己策划菜单，测试时间为三十分钟。

“时间到！停止手上的动作。”老师举起停止的手势，并要求我们一个个排好队，把菜端上，让老师品尝、打分数。同学们乖乖端着菜排队，我却静静地站在位置旁等待。老师看我一动也不动，大声问道：“江振诚，你的菜呢？我怎么没看到？！”

“因为还没上啊！”我笑了笑。

“为什么还没上？”老师皱起了眉。

“因为有太多人排队等着老师打分数。”我直言。

“那你赶快做，赶快跟着排队啊！”

我摇摇头坚决地说：“不行！”

“为什么？”老师的脸色已经变了。

“我只能在快轮到我的时候，才开始做！”我一字一字地清楚解释。

老师瞪了我一眼，没再说话。

表面上看来，我是班上唯一一个没有完成三道菜的人。然而事实上，当大家还在忙着做菜时，我早就完全准备好了。但是我坚持必须在其他同学快打完分数后再下锅，因为菜没能在第一时间热腾腾端上

桌，可是会走味的。

除了从小到大妈妈坚持为我们现炒午餐便当的教育，另外则是我在打工职场上实际学到的“规矩”。最好的菜，必须在最好的时机上桌，这个坚持是为了让食物呈现最完美的一面，这样的坚持，却也让我与其他听话的同学“格格不入”。

另一次遭遇更让我创下淡水商工餐饮科的纪录。餐饮系学生毕业前，一定要考到丙级以上的厨师证照才有资格毕业，所以系上很多同学都提早在一二年级参加考试，最迟的到三年级，也必须考到证照。厨师考试分为学科与术科两种，内容不难，不少同学在二年级就拿到了证照，我因为半工半读比较忙碌，一直到三年级，才去参加考试。

在学校里，我的学科成绩普通，但术科成绩非常好，整整三年都排在前三名，主要原因是我从一年级就在全台北最好的餐厅打工，因此术科考试对我而言，应付起来当然游刃有余。

我从容应试，对自己有十足把握。当天出的考题也不难，我心想，在学校里，我应该算是最有经验的人吧。考试时间共一个小时，但时间才过一半，我已经完成考试，于是从容地交出成品，准备离开。但会场内监考的三四位老师，却不约而同睁大眼睛看我，问：“同学，你全部做完了吗？”

“做完了！”我对自己充满信心，因为这些菜，都是我平日耗费苦心、努力钻研过的。

其中一位老师好心提醒我："同学，要不要再检查一下，你真的完成了吗？剩下的时间不要浪费，就算做好了也不要这么快交上来，再检查一遍比较安心！"

"我可以了！"我直截了当地拒绝，潇洒地背起书包离开。对我来说，那是我对自己的自信，也是我对自己专业能力的肯定。

发榜那天，老师一个个喊出成绩，一起参加考试的同学全都通过了，唯独我还没拿到成绩单。"江振诚，你过来一下！"老师默默地把成绩单交到我手里。

我心中充满不安，翻开成绩单，竟然是两个大红数字"59"，怎么可能，有没有搞错？！我心里很纳闷，眉头纠结在一起。再抬起头，正好对上老师疑惑的眼神。

"到底发生了什么事？你平常在学校的术科成绩都是最好的啊，为什么这次反而失常？"老师一脸不解。这次的证照考试，连班上成绩最差的同学都安全过关，只有我 59 分，硬生生地被刷了下来！

"我不知道啊，题目很简单，三十分钟我就完成了！"我满腹委屈，不明白为什么是这种结果。

“啊，三十分钟就完成了？”

“不难啊，我还很有信心地跟监考老师保证绝对没有问题。”

老师低头沉思，不一会儿抬起头，拍拍我的肩：“这样吧，江振诚，你再去考一次，这次等时间到了再交上成品！”老师安慰我。

难道评审老师觉得我太早完成，要给我一个教训？这样的结果，让我相当错愕。无论在学校或在餐厅，我花费的时间与心力，都比班上同学多，当我决定要把一件事情做好时，就算要花比其他人多三五倍的时间，我也不会有怨言，一定全力以赴，把事情做到完美。

但评审老师在考核获得证照的资格时，并非针对卫生维持、工作程序、做菜知识、技术了解等专业素养，而是通过主观认定来打分数，全盘否定了我的努力。对审核制度深感失望的我，虽然有一点灰心，但也让我深刻体认到料理这件事，其实是没有标准答案的。我依然充满信心，相信自己可以通过食物来说话，我做出的料理，势必会证明我在料理这条路上的坚持与用心！

而我直到毕业，都没有再去参加任何考试。这个纪录也让我成为当年唯一一个从淡水商工餐饮科毕业，却没有拿到任何一张厨师证照的学生。

法国餐厅初体验

我从初中三年级就开始打工，在饭店餐厅帮忙洗菜、做三明治，领取微薄的薪水。回想当时，其实没有什么明确的志愿，纯粹是因为对吃有兴趣，加上在家没机会进入妈妈的私人厨房。打工对我来说，其实是踏入迷人厨房的捷径。

念淡水商工这三年更是毫无间断地半工半读，除了在餐厅打工，我还跨足时尚领域。这是因为从事美术相关工作的姐姐有许多时尚界的朋友，而我突出的身高和亮眼的外形，让姐姐的朋友仿佛挖到宝一般。“André，你应该来做模特儿！”于是高中三年，我都利用没上学也没到餐厅工作的空当，兼职当模特儿。

那时候的日子过得非常充实。平日白天，早上七点到下午四点半左右上课；下午六点到晚上十二点，到饭店餐厅打工；周六半天，到模特儿经纪公司试装，礼拜天就登上伸展台走秀。如果是在外县市，更是一大早四五点就要出发。每天下课，同学们忙着安排约会玩乐的行程，我则继续打拼。生活，就像是一场场激烈的战斗。

许多人会好奇地问我："为什么那么小就要去打工？"除了赚零用钱这个经济因素，另外还有一个很简单的原因，因为我很喜欢做事！只要是感兴趣的事，就希望多花一点时间来学习，就渴望能够了解得更深入，类似一种"求知若渴"的感觉。这种全然投入其中的忙碌，让我每一天都觉得很充实。

开始念餐饮科后，我发现这个行业非常讲究实做经验。成败的关键都仰赖经验，我必须做得比别人多，看得比别人广，才有可能进步。为了满足求知欲，我几乎把所有打工赚来的钱都拿去买书，不论是食谱，还是食材百科，只要跟餐饮有关，我完全不会心疼。

以前台湾有关餐饮的专业书籍并不多，我每个星期都要到少数几间贩售外文书的书店，委托他们从国外订书。虽然荷包扁了，但拿到新书的那一刻，我的精神却得到了大大的满足！

对于我执意要成为西餐厨师这件事，曾经引起不小的骚动。"江振诚，以你的外在条件和语言能力，应该做外场，做厨师太可惜了！"几乎所有的老师都跑来劝我。甚至还有朋友建议我做空服员，虽然征选条件高，但相对来说薪水也很优渥，更有机会环游世界。

但如果只因为身高和外形来决定我的工作能力，那也太以貌取人了吧！虽然薪水高、福利好，但我却一点都不向往。师长、朋友对我的选择大感意外，因为当时外界对厨师印象不佳，认为都是些长得胖嘟嘟、油腻腻、受教育程度不高的人才会选择的行业，有些长辈

Photoshop File Edit Image Layer Select Filter Analysis View Window Help

甚至不屑一顾地说："厨师，跟修车的黑手师傅差不多嘛！"

我对这种先入为主的观念很不赞同，一心想改变众人对厨师的偏见，不仅在技艺方面，甚至包括谈吐、仪表和内涵，我都希望能更加精进。我清楚地知道，法国厨师都有很崇高的社会地位，甚至跟济世救人的医师地位不相上下。在我心目中，能当上一名被肯定的厨师，绝对不是一件简单的事。

当我认同一件事、喜欢一件事时，就会很专注地全力以赴。我知道自己喜欢阅读、喜欢艺术、喜欢料理，虽然在学校的成绩不太好，但我心里很清楚，一定要培养突出的一技之长。

高中时期，我已为自己订下计划，如果想要让料理精进，除了学校的基础教育，必须再加上一级水平餐厅的实习经验，技艺才能更上一层楼。为此，我对打工地点精挑细选：一定要进入台北最好的法国餐厅学习！

当时在台北火车站对面的希尔顿饭店成了我的打工首选，这家饭店就是现在的凯撒大饭店，被列为区域型三星级饭店。几十年前，它可是全台湾最风光的饭店指标和热门约会地点，只要说出"希尔顿饭店"，无人不知，无人不晓。

希尔顿饭店创下许多纪录，在当时，这栋大楼是全台湾最高的一栋建筑物，也是台湾第一个国际连锁五星级的饭店品牌。除此之外，它还是第一家有迪斯科舞厅的饭店，也是拥有最高等级西餐厅的饭店。同时期，台北知名的国际饭店还有南京东路上的皇冠力霸。现在拥有国际级水平法式餐厅的五星级饭店亚都饭店，当时才刚向国际级酒店等级迈进。而西式餐厅当中水平最高的，仍属五星级的希尔顿。

很多人都说找工作很困难，但是我的做法却很简单，就是“长驱直入”。小小年纪的我胆识十足，直接进入饭店，走到柜台，不啰唆、不犹豫，坦诚地向服务台人员询问：“我想要找工作，很希望在这里工作，请问有没有机会？”

毛遂自荐进入希尔顿饭店后，我在那里工作了一年。升高二时，位于民生东路、敦化南路金融商圈精华地段的西华饭店全新开幕，它是第一家由国人经营的五星级商务饭店，虽然只有三百多间房间，但整体风格精致典雅。

报章杂志大肆报道，餐饮旅馆同业口碑相传，让新开张的西华饭店客聚如潮，尤其它的西餐质量，当年更被媒体宣扬有跃上世界百大的水平，名气十分响亮！

为了让自己的学习更上一层楼，我希望可以进入这个更棒的环境，拓宽自己的视野！于是我很快又去自我推荐。前去应征西华饭店时，面试官是一位名叫 Richard（理查德）的行政主厨，是个瑞士人。Richard 看了我的履历，然后用很犀利的眼光上下打量我一番，问：

“你想应征什么职位？”

“什么职位都没关系！”我坦白说。

“期望的待遇呢？”Richard 再问。

我目光坚定地看着 Richard，清楚地说：“我不在乎薪水，你们能给多少就给多少，我只要求能在法国餐厅工作。”

“What?!”Richard 吃惊地瞪大眼睛看着我。他注视我几秒，然后缓缓开口，“我们的工读薪资是一个月六千块。不过目前法国餐厅没有职缺，你愿不愿意先待在意大利餐厅，等法国餐厅一有空缺，你马上转调？”

当时我有一些朋友也在饭店的餐厅打工，薪水大概都超过基本的五位数。但“钱”本来就不是我打工的目的，重点是要在一流的环境工作，向最优秀的人学习，我很清楚，未来我要赚的是立足成就的“大钱”，而不是现下这种打工的“小钱”！

“OK，没问题！”我很快回答。

他笑了笑，问：“你什么时候可以来上班？”

“明天！”

“好，欢迎你成为西华的一员！”Richard 向我伸出大而有力的手。

我也伸出双手向 Richard 致意：“谢谢，这是我的荣幸！”

这场面试不到五分钟就结束了。第二天，我换上新制服，开始了西华饭店意大利餐厅“TOSCANA”的打工新生活。

莫忘初心

/ 最好的菜，必须在最好的时机上桌，这个坚持是为了让食物呈现最完美的一面。

/ 我仍然相信自己可以通过食物来说话，我做出的料理，势必会证明我在料理这条路上的坚持与用心！

/ 只要是感兴趣的事，就希望多花一点时间来学习，就渴望能够了解得更深入，类似一种"求知若渴"的感觉。这种全然投入其中的忙碌，让我每一天都觉得很充实。

/ 当我认同一件事、喜欢一件事，就会很专注地全力以赴。

Chapter——3

厨师帽。

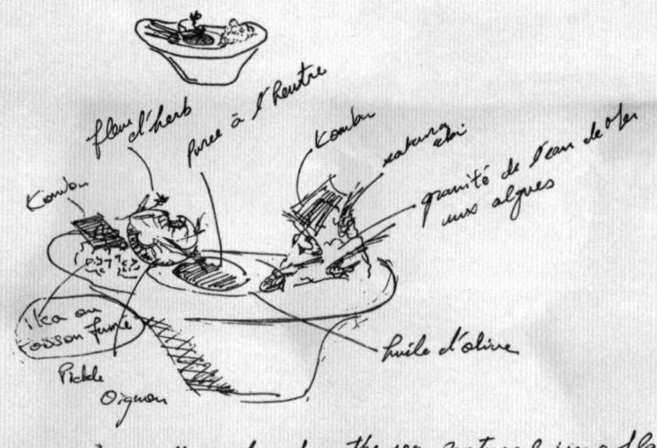

" all the produces from the sea, natural 'sea' flavor
Sea water granité, fresh sakura Ebi, a slice of
kombu, pickle baby onion, herb flower
a simple tartar of Calamari/Squid or homemade
smoke fish of the day
Beautiful balance of texture, sea flavor and
purety of mother nature "

最年轻的法国餐厅主厨

我从来不觉得自己比别人聪明或比别人能干，勤能补拙才是我从小到大奉行的唯一真理。“愿意花多少时间，就会培养多少能力”“世界上没有天分这种事，只有努力、再努力而已”，这些被年轻人看作是老掉牙的励志条文，就是我打开成功之门的钥匙。

高中时期，我的工读生活几乎全年无休，父母亲很支持我，我也不以为苦，觉得理所当然。

大概是“超龄”的成长背景造就了我如此早熟的思想吧。小时候，我与同侪没有太多机会接触，总是和大六七岁的哥哥、姐姐玩在一起，就连哥哥、姐姐的朋友，后来也成为我的朋友。当同学还在家附近的公园玩时，我早已跟着那些大朋友跑到西门町的万年商场了，在当时这可是只有高中生才会去的地方呢！

当我独自面对工作这件严肃的事情时，年龄稍长也使得我有比起一般同辈更成熟的思考。“立定计划，按部就班，才能一步一步接近成功！”秉持这个理念，我不把打工当游戏，而是认真看待，全力以赴。也是因为打工，让我戴上了梦寐以求的白色厨师帽。

我先进入希尔顿饭店的法国厅，然后到西华饭店的意大利餐厅，再调到法国餐厅；没几年，又转到亚都饭店的“1930 法国厅”；这样转了一大圈，最后又受邀回到西华饭店法国厅。来来去去，一点一滴地努力，我心中很清楚，自己正逐步接近壁画中的梦想。

校内的教学资源有限，比起课堂，我从职场的实战经验中获得了更多东西。许多老师没教很实用的东西，大部分厨艺其实都是从饭店里的师傅身上学来的。

很多人对厨房师傅都有刻板的印象：喜欢发牢骚，爱喝酒、抽烟，吃喝嫖赌样样来。有些小徒弟因而有了错误的观念，以为只要送师傅一点酒，下了班陪师傅干几杯，一起发牢骚，这样“志同道合”地搅和，才有机会往上爬。

我对如此做法十分不以为然，站在哪个岗位，就应该把哪个位置的工作做好，才是最实在的事。因此从一开始打工，凡是认识我的师傅都知道：André 这小伙子，工作很拼哦！他们深知我很努力地埋头打拼，自然不会找我做其他杂七杂八的事。

我遇到过各种个性和脾气的厨师，有些人所学不多，厨技是唯一的谋生工具，的确会有藏私的举动。但有些人则完全相反，把自己会

的全部贡献出来，因为如果把小徒弟教会，自己的工作负担自然可以减轻。我喜欢这样的师傅，表面上看起来，我的工作量增加了，但换个角度想，我有了更多练习的机会，反而赚到了。

其实厨房里的每一个人都有一套生存技巧，有人努力跟师傅搞好关系；有人强调优秀技能，争取一席之地。一个小小的厨房，就像社会的缩影。

唯一让我无法认同的，是抹杀别人努力的自以为是的心态。好比有名厨来客座表演时，经常在厨房听到的一句话是："哦，那个也没什么啦，很简单，我也会做！"总有人如此流露轻视的语气，随意践踏别人的成果，却不知此举暴露了自身的肤浅。这让我引以为戒，千万不能沾沾自喜，更不要轻易批评别人，丢失自己进步的机会。

即使是现在的我，依然如此提醒自己，不管站在什么位置，永远都要保持谦虚的心态。一旦自满，就不会进步，我想这也是许多亚洲厨师无法精进并踏上世界舞台的重要原因。古人常说学无止境，不只在餐饮，任何行业都一样，如果不前进，只停留在原来的位置，那么很容易就被淘汰掉了。

在这几年的打工中，我采取阶段性的学习，从不浪费一分一秒的时间。如同我转换打工环境都经过深思熟虑一样，在餐厅里的每一个进程，我都经过策划，一级一级精益求精。

我觉得学习一定要有计划，有了大方向，接下来是制定更具体的小目标、达成时间、方法，等等，这样就更能鞭策自己，也会更有动力。如果只是一个模糊的方向或想法，常常就会松懈或怠惰以至半途而废，这实在很可惜。

所以每当进入新的工作环境，我习惯先观察厨房、餐厅里每个人的工作内容，积极了解厨房的结构，有几个小厨师、领班、副主厨、主厨，等等，再把每个人的职位和工作内容详尽列表；接下来用 check list 的方式，学习并完成关于厨房所有的事。为了在最短的时间之内熟悉工作内容，我常常在心里暗自盘算，达成每个任务需要花多少时间，这个被我称为“阶段式成功”的方法，让我每到一个新环境都能及时上手。

把种种问题思考清楚之后，下一步是寻求解答，最后我会考验自己：可不可以把完成任务的时间缩短呢？就这样朝着规划出来的目标，要求自己一步步向前迈进！

回顾长长的打工历程，每一阶段，我都丝毫不敢松懈，一直在为下一个职位做准备。顶头职位的人在做什么，我会腾出时间观察、研究、学习。每回我都提早进厨房，先了解上司在做什么，到了上班时间，再继续自己分内的工作。

这个自我磨炼出来的一套学习成长训练，推动我深入了解厨房每一个职位的工作内容，对照脑海建构的阶段蓝图，下一步的方向自然格外清楚。也就是说，如果我能把上司的工作内容都学会了，当然我就有机会可以胜任上司的工作！

排列有序的锅碗瓢盆、闪现银光的洁净流理台，我经常第一个抵达厨房，享受这股开工前的静谧，一股蓄势待发的激动感油然而生。即使总是早到的我，在别人眼里就像个“傻子”，我也依然自得其乐。

而我这份坚持换来的结果是，只要上头主管一休假，主厨马上就指着我大声说道："André，你来接替这个位置！"

"是，Chef！"我总是牢牢抓住这些机会！

回想起来，那份带着傻气的坚持也许是正确的。二十岁以前，我凭着一股执着戴上了厨师帽。二十岁那年，这股执着又为戴着厨师帽的我圆了第一个梦——当上西华饭店法国餐厅主厨。这个位置，让我创下台湾餐饮史上"最年轻法国餐厅主厨"的纪录。

主厨的考验

“最年轻法国餐厅主厨”的头衔，一点也没有让我自满。除了内部不信任的声音，当时台湾高级餐厅有越来越多的外国主厨掌舵，部分骄傲的外国主厨看不起台湾厨师，甚至连亚洲厨师都不屑一顾。我惕厉自己：“我们差人家太多了，没有时间沾沾自喜，更没有时间可以浪费！”

在外人看来，也许认为我能够晋升主厨是因为运气好。但事实上，如果以工作时间计算，我在饭店任职的资历已经可以算是“开朝元老”：从最早的瑞士主厨，之后历经意大利主厨、德国主厨，最后再换了一位法国主厨。当法国主厨担任行政主厨大位后，才把我升任成为法国厅的主厨，如果以古时候“改朝换代”的经历来看，我已经“伺候”过四位主子了。

这位行政主厨曾经对我说过一句话：“在法国，二十岁这个年纪当主厨是很正常的一件事，既然在法国可以，为什么在台湾不行？”在大家面前，他那双大手有力地拍着我的肩膀。“每次交代 André 的

东西，不用我多说，他一定可以做得很好。更难能可贵的是，他很有自己的想法。”大厨语重心长地把话说明，“为什么大家都要用‘年龄’这个理由来局限人才呢？”

然而，即使有了行政主厨的大力支持，能否独撑大局，还是我个人必须面对的艰难考验。台湾料理界一直都有所谓“师徒传承”的制度，学徒必须到达某个年龄，才有资格往上爬，但这样的观念和制度，却让很多年长的前辈倚老卖老，阻碍了台湾餐饮的发展，无形中压抑了许多年轻的优秀人才。

“André 有这么好的条件，当空少、模特儿多好，至少应该做外场嘛！当个厨子，唉，真是太可惜了！”

“André 太年轻了，有能力管理吗？”

当上主厨后，还是有不少同事在窃窃私语。

别人越不看好的事，我越是要争口气。这不仅为了自己，也为了“厨师”这块招牌，我一定要做出个名堂！我希望自己能成为一个典范。当时，我底下的副主厨、领班都差不多三十多岁，而我一个才二十岁出头的小伙子，如何带领他们？如何能服众？老实说，真不是件简单的任务！

一开始，不服气的声音时有所闻，排挤的小动作也层出不穷。不过我向来待人客气，对于这些杂音，我选择一笑置之，见到面，依然客气地喊声“师傅”。虽然我的位阶已经比他们高，但是他们的年纪都比我大，是我的长辈。既然如此，还是要给予一定的尊重。只是我的礼貌和耐心，还是面临了很大的考验。

比较温和的，是对我提出种种难题：“法国料理和意大利料理有什么不同？为什么四月的法国白芦笋比较好吃？”或是发出有意无意的挑衅：“哎，这我不会做，主厨，你能不能做一次给我们看，让我们见识一下啊！”甚至有人直接下战帖：“喂，我们来比赛，看谁削马铃薯削得比较好、比较快，其他同事就当裁判。主厨，你敢不敢接受挑战？！”

每天，我几乎都要面临各种不同的挑战，如果心脏不够强壮，能力不足应付，恐怕很快就被三振出局。我正面迎战，毫不畏惧。兵来将就挡，而我应对的方法很简单：永远都做最好的准备、最坏的打算，不耍任何花招，完全用硬底子真功夫接招。

我要求自己，每一次都要确切回应他们的“要求”，把每件事做到最精准。打败其他厨师并不是我最大的目的，而是想通过一次次解答难题的过程，诚心告诉他们，先前我也有许多不会、不懂的地方，但我借由各种机会，把这些原本不会的事学好了。你们来问我，我很高兴可以告诉你们答案，而且我也相信，你们会做得更出色！我不藏私，反而倾囊相授，时间久了，他们也了解了我的个性和用心，渐渐心服口服，不再找碴儿了。

这整个过程的压力大过挑战，但这一点一滴，对我来说不是辛苦，而是迈向成功必经的过程。一个人想要得到什么，绝对需要付出相对的努力。天下没有白吃的午餐，不论任何事情，唯有先付出，才能有所得！

就像有人可以排队排一整天，只为了买一张心仪偶像演唱会的票。对他们来说，这个代价很辛苦吗？其实不会，因为他们喜欢，所以这就只是一段过程罢了。想要一样东西，就需要付出一定的努力。这就是我一路走来秉持的信念。

直到我离开饭店，我和不同领域的中餐厅同事，以及朝夕相处的西餐厅同人，都相处得很愉快。上至董事长，下到基层的洗碗员工，大家都很喜欢我，这也是我在饭店这几年下来，很欣慰的收获。

二十岁，这是人生刚起步的青涩年华，我得到了许多肯定与认同——我这个人、我的能力、我的管理、我的决策。一点一滴，都为我带来继续向前的力量。这是幸运，却不是偶然的幸运，是我把握每一个得来不易的机会的小小收获。而我的努力，势必得坚持下去。宴席散场，最终都要离开，回想起来，却是我很珍惜的一段时光。

双子星初邂逅

打从开始学习厨艺，我就对料理界保持着高度的关注。除了报章杂志这个信息来源，台湾当地找不到的资料，我就通过书局向国外订购。赚来的钱统统拿去买书也不以为意，我就像块海绵，尽情吮收美食信息。

有关料理界的脉动，当时只要有人提得出问题，我几乎都能回答。对国外名厨的动态，我更是完全掌握。因此饭店若想邀请名厨到台湾客座表演，一定会跑来询问我这部“料理百科”的意见。

我在西华饭店法国厅担任副主厨时，饭店经常邀请米其林三星主厨或不同料理领域的世界名厨客座表演，像现在名气依然响亮的教父级米其林三星主厨阿兰・迪卡斯（Alain Ducasse），就是我曾大力推荐的人选。

在没有 Google 的年代，要了解料理界的动向，可是需要下功夫的。因为长期阅读相关书籍和报章杂志，不论厨师的身家背景还是经验来历，我都了解得一清二楚。尤其是厨师们梦寐以求的桂冠——米其林餐厅以及米其林主厨名单，每年我都在第一时间掌握最新信息。有师傅甚至赞美我："小江这个厨师鼻，真灵敏啊！"

一天，行政主厨来到我面前，问："André，我们这次想再邀请米其林三星主厨到饭店客座表演，你一向消息灵光，有没有合适的推荐人选？"

"感官花园的双胞胎主厨双子星兄弟如何？他们可是米其林史上最年轻的主厨！"

"哦！这样啊！"行政主厨露出感兴趣的眼神。

"嗯，他们才三十二岁就拿到米其林三星，是米其林史上最年轻的主厨，今年应该也只有三十四岁吧。"我对两人的背景与经历再做补充介绍。

双子星兄弟当时在法国红遍半边天，他们位于南法蒙彼利埃（Montpellier）的感官花园天天爆满，但台湾料理界对他们仍然很陌生。我之所以大胆提出这个建议，是因为双子星兄弟已经在 1998 年的米其林评鉴中得到最高三颗星的评价，算是最红的两个巨星。

透过外国报道信息，我很早就对他们兄弟两人心生景仰，才三十几岁，就达到这种巅峰水平！简直太厉害了！平面的二手信息传达的只是

皮毛，我像个追星族，衷心期盼有机会能和他们近距离接触。

饭店很快发出邀请函，随后不久，我们收到令人兴奋的回音，双子星兄弟答应来台湾表演。因为双子星兄弟是我提议的人选，理所当然，接机招待的重要任务就落在我身上。我永远记得和他们见面的那一天，我怀着兴奋又忐忑的心情，搭坐饭店指派的黑头礼宾车前往桃园机场迎接。在开往机场的途中，我心里始终有股不安的紧张情绪，他们两兄弟之前一直都没有要求先运送任何器具，不知道今天一辆礼车够不够载？我心中疑惑不已。

飞机准时抵达，同事拿着欢迎名牌。我的心随着入境大厅自动门的开开合合“扑通扑通”地跳动着。突然，两个面貌相仿、一眼可以看出应该是双胞胎兄弟的外国人，神情怡然地出现在入境的荧幕上。

“真的是他们吗？”我不可置信，两兄弟都穿着简单的T恤、牛仔裤、帆布鞋，一只手拿着护照、提着一只小包，另外一只手潇洒地插在牛仔裤口袋里，就这样轻松出关。我来来回回搜索好几次，怎么看就是看不到他们带着其他大件行李。

他们洒脱的态度，如果不说他们是米其林大厨，还以为他们是要来台湾度假的外国观光客，这种装扮一点也不像印象里的米其林三星大厨，反差实在太大了！难道是我看走眼了吗？我的心扑通扑通好像快跳出了胸口。到底是不是他们呢？

“Bonjour（早安），你是 André？”两兄弟看到了举牌，笑盈盈地走过来打招呼。

“是的！ Mr. Pourcel（普塞尔先生），欢迎莅临台湾！”我止住紧张，快速伸出手接下双子星兄弟简单的手提行李，“请问你们还有其他的通关行李吗？”

“就是你手上拿的这件！”哥哥轻松地将手一摊，朝我眨了眨眼睛，幽默地笑着说，“很重吗？”

这完全打破了我以往的印象，米其林三星主厨要登台表演，阵势通常宛如元首级的御厨出任务，食材、道具每一样都格外讲究。以食材为例，举凡叫得出名称的高贵食材，如鹅肝、白芦笋、松露、鱼子酱，一定要从法国当地空运过来。有些特别的香料、酱汁，甚至连水、鸡蛋等频繁使用的材料，名厨都坚持要从法国冷冻运过来。阵势浩大，又不容出错，几天的客座演出，单是准备过程，往往就可以运来几大箱“道具”，烦琐程度如同一趟海外搬家。

我们在车上闲聊了一会儿，他们要求的第一件事就是：明天一早，带我们到最大的市场去逛一逛。

隔天一早，凌晨四五点，台北晨光未露，整个城市还处在一片朝雾朦胧中。尚未苏醒的天空，挂着几颗星星，闪烁着微弱余光。淡淡晨雾飘来，空气像洒了清新剂，清凉的感觉让人精神一振。我事先请饭店安排好车子，准时到达集合大厅，抬头一看，双子星兄弟两人早已站定在大厅一角，精神奕奕、整装待发。

“Good morning Chef. Did you sleep well last night ?（昨晚睡得好吗？）”

“Bonjour，André.”两兄弟向我点点头，但两人似乎不会说英文。

为了不浪费时间，我们快速搭上车。第一站直接开往台北最大的果菜批发大市场，然后再转往热闹的鱼市场。一到市场，兄弟两人一改前一天的悠闲态度，专注巡查摊上的每一样新鲜食材，不时还比手画脚提问题。两个人一边用法语叽里呱啦地交谈，一边拿出小笔记本，在本子上又写又画。

时间飞快流逝，太阳露脸了。在准备回饭店的途中，“Voila（这就是了）!”兄弟两人很开心地拍手说，“今天的菜单搞定了！”

难道他们要用这些食材，做出米其林级法国菜？有可能吗？看到他们提出的菜单，我充满疑问。怎么可能？这些东西我随手可得，又不是法国来的，怎么有办法用台湾食材，做出米其林法国菜？双子星兄弟葫芦里到底卖的是什么“菜”？让人既紧张又期待。

事实证明，我的想法完全错了！看他们做菜，让我找回最原始的感动，“这才是顶级米其林的境界啊！”我内心情不自禁地呼喊。先前一度有所怀疑，但进入厨房，亲眼见证整个料理过程，我佩服得五体投地，只能用“化腐朽为神奇”来形容！马铃薯、洋葱、萝卜……这些可能连台湾厨师都看不上眼的当地食材，经过双子星主厨巧手一变，全化成一道道美味的艺术佳肴，如此神乎其技的创作过程，让我大大震惊！

他们做菜的模式完全颠覆了我以往所见所学，没有制式菜单，也没有高贵食材，只要有当地的新鲜食材，他们信手拈来就能挥洒出高级的法国经典料理。看他们调味，没有加几匙盐、几克糖的规定。不够咸，大师就抓点盐，像个魔术师一样，优雅地轻轻一挥——令人无法忘怀的绝妙滋味就出来了！

以前我总以为自己已经懂得不少，但仍然会像其他人一样，有种崇外心态：嗯，法国、日本的食材，总是比较好吧！但这一次，从双子星兄弟身上，我先入为主的观念被大大扭转，顶级料理并不是一定要有顶级食材才能够做得出来。

那么“顶级料理”的意义，到底是什么呢？我重新自问，难道标新立异秀出梦幻食材，才能表现这道菜的高级吗？原本认为顶级法国料理是奢华饮食表现的我，仿佛遭受震撼冲击，一直以来建构出来的观念地基，正一块块崩落瓦解。

“应该是从最容易取得的食材或身边的微小事物，做出不一样的诠释，这才是真正法国米其林三星的技术吧！”我顿时恍然大悟，刹那间有如大雨冲刷后般清爽，答案无比清晰。我终于了解米其林三星的精神了——不是哗众取宠的花哨技巧，而是挖掘食材深不可测的潜力。

许多厨师总喜欢抱怨：“我没办法做出那些好料理，是因为没有好食材，没有好人手！”但通过这次的经历，我发现这些其实都是借口。为什么呢？因为双子星兄弟的成果如实展现，即使是马铃薯、萝卜、洋葱这样平凡的食材，也可能有令人惊艳的发展空间，并非钱花得多，食材用得稀奇，才能做出高价菜肴。也就是说，即使是最容易取得、最简单的食材，只要透过手艺和巧思，擅用组合与搭配，就能创造出不可思议的美妙滋味。这就是双子星主厨能够崛起，并备受景仰的原因吧！

在和双子星兄弟一起工作的短短十天，我所学到的并不只有技术。更宝贵的收获是亲身感受到两位大师如何通过美食，向人们传递“没有什么食材应该被看轻”这种万物都值得被珍惜的观念。

从那个时候开始，我豁然开朗，知道自己已经找到人生奋斗的目标。我希望有一天也能像双子星大师一样，用平凡可得的食材烹调出不平凡的美味料理。美好的料理是一种精神，而不是数字。双子星大师让我了解到身为厨师的意义与成就感是什么，这一刻开始，我很清楚，自己的人生即将发生巨大的转变！

千锤百炼苦学语言

能够跻身世界舞台，不可否认，“语言能力”是我能够优于同侪的重要利器。除了全球通用的英文以及普通话，我另外还会讲日语、粤语、法语，也读得了西班牙文。如果再加上闽南语，以及现在定居新加坡对当地使用的新语也略懂一二，加起来，我大概会说八种语言。除了普通话、闽南语，其他每一种语言，我都是下苦功自学而来的，如同厨艺的学习一样，没有任何取巧的捷径。

因为爷爷、奶奶受的是日本教育，小时候一度寄居在爷爷、奶奶家的我，从小对日语就不陌生。日语，成了我成长过程中学习的第一种外国语言。但要谈到真正能娴熟地讲日语，应该是日后我到东京协助双子星开店的事了。

至于英文，我常听人说，很多人的英文不好，是因为没有完全的英语环境可以练习。我认为这句话只对了一半，这里不是英国、美国，当然没有完全的英语环境。学习语言，如果有好的语言环境当然有帮助，不过最重要的成功关键，仍在自己是否有强烈的学习意愿。

如果有，再怎么困难也都能为自己创造出合适的学习环境。

以我学英文的经历为例，我没有特别补习，但在学校的英文成绩一向很好，经常受表扬。我唯一的方法就是抓住每个可以说英语的机会，跟懂得英语的人交谈，为自己创造语言的学习环境。

在学校，我时常和英文老师交谈。尽管老师是本地人，但只要一上英文课，我就强迫自己一定要用英文提问，透过跟老师一问一答的过程来习惯英文会话。每个学期都是如此，只要有不会的就提问，再困难也一定都用英文发问，通过这种练习，我的英文进步得相当快。

那段时间，有许多人移居美国，兴起一股美国移民潮。当时周遭亲友经常谈论“美国梦”，就连姐姐也去了美国工作。我也忍不住对美国产生憧憬，很想出国，觉得外国的月亮会更圆！除了这个梦想，再加上想看懂国外餐饮书籍和食谱的渴望，成为我学习英语最大的驱动力。虽然后来我没能去美国完成“美国梦”，却也学得一口流利的好英文，至今仍然受用无穷。

到饭店打工的时候，我发觉自己还颇有一点语言天分，这个发现让我对其他语言也跃跃欲试，因此一有空当，我就会跑去找粤菜师傅、日菜师傅聊天，除了增加料理知识，不知不觉，我的粤语以及原来就有基础的日语，也能够轻松上口。

“艰困的环境可以让人成长。”这句话我感触至深。我的语言学习，几乎就是在最艰苦的环境之下，“土法炼钢”一句句被锤炼出来的。

我到法国学习厨艺时，一句法文都不懂。尽管英文还不错，但英文在法国，特别是南法地区，几乎毫无用武之地。

但是处在一个时时都在战斗状态的法国厨房里，根本没人有空教你法文。每个人的节奏都很快，压力也很大。你听不懂，就只有站在旁边罚站的份，没人有耐心解释这个东西该怎么切，那个东西该怎么煮。唯一的方法，就是逼自己迅速进入状态，赶快听懂别人在说什么，才有机会在厨房里生存下去。生存，成为我学习法文最大的动力，我告诉自己：“一定要学会说法文！”

法文的文法比英文更复杂，它的时态变化有三十多种。我没有经过正规的训练，也没有金钱和时间去上课，只有不断查字典，不断请教别人，辛苦真的是一般人难以想象的。

别人跟我讲一句我听不懂的法文，我会尝试把它用英文先拼出来，等到下班后，我再请教略懂英文的法国好友，用英文拼出句子大概的声音，这位朋友听懂后再跟我解释这句法文的意思，最后再用法文把正确句子写给我看。我每天就这样一句一句学，一字一字背。

这样自学法文，过了半年，渐渐听得懂别人在说什么。一年之后，我开始有信心开口讲法文，直到我能和法国人顺利沟通，差不多花了两年时间。这两年，我下班回家，就像小时候学习写字一样，一

定在本子上写单词，背句子，没有一天间断。

如今当我有机会和外国人用法语交谈时，几乎都被误认为是在法国生长或久住的亚洲人，我这个连法国人也肯定的法语能力，完全就是一个字一句话死背牢记磨炼出来的。学习语言对我来说就和学做料理一样，下定决心，持之以恒地练习、再练习就对了！

莫忘初心

/ 唯一让我无法认同的是，抹杀别人努力的自以为是的心态。千万不能沾沾自喜，更不要轻易批评别人，丢失自己进步的机会。

/ 永远都做最好的准备、最坏的打算。

/ 一个人想要得到什么，绝对需要付出相对的努力。天下没有白吃的午餐，不论任何事情，唯有先付出，才能有所得！

/ 所谓的料理，不是哗众取宠的花哨技巧，而是挖掘食材深不可测的潜力。

Chapter——4

米其林的梦幻厨房。

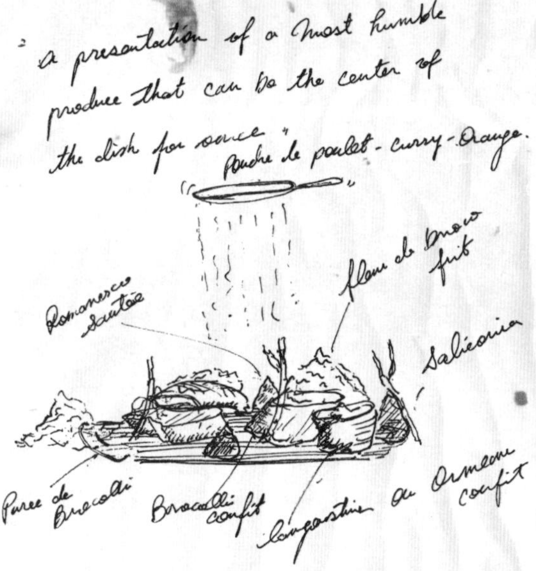

三秒钟的决定

“André，你想到法国学习真正的法国料理吗？”十天的时间很快就过去，接近尾声时，Jacques、Laurent 主厨兄弟俩突然问我。

我睁大眼睛，呆呆地愣了几秒。“Yes!”回神后我坚定地回答。

两兄弟微笑地看着我，了然于心地点了点头。

这一刻，我的心快速跳跃，血液沸腾，全身发热。哇，我终于可以到法国了！

就在双子星主厨 Jacques 和 Laurent 两兄弟要回法国之前，我收到生命中最珍贵的一份邀请，一幅全新的料理版图终于在此时成形。双子星主厨在饭店为期十天的客座演出，除了颠覆大家对法国料理的传统认知外，厨师们更经历了一场每天逼近二十小时的体力考验！

从双子星主厨轻装便服下飞机开始，负责这个项目的我便随侍在侧。

第二天，挑战就开始了。清晨四五点，天还未亮，两位主厨先去逛市场、准备菜单，确定菜色后，随即回到厨房准备。等到后场准备工作就绪，用餐时间也要到了。客人抵达，开始准备上菜，这时更是要绷紧神经，一点也不能出错。原本模样轻松的双子星主厨，到了厨房里相当严肃，要求一切完美！

每一天，几乎都要忙到深夜一两点才能下班，大家都筋疲力尽。两位主厨虽然和我们同样作息，每天逼近二十小时毫无一刻松懈，但是他们脸上却丝毫没有倦容。除了佩服，我更加好奇，到底是什么样的信念，成就了如此风范？

为了深入了解他们，我暗自决定要比他们更努力。于是，当主厨要求早上六点到时，我便自动提早一个小时进厨房，把东西预先准备好。晚上如果十二点下班，我便自愿将所有善后工作确认妥当，最后一个关灯离开。看起来也许有点像傻子，但我丝毫不以为意，我心里想，地位崇高的双子星主厨都亲力亲为，我多做一点，就多学到一点，这是千金难买的宝贵体验，这有什么好计较的呢？

回想那个短短三秒的重大决定，看似冲动，其实却很理智。当时一个想法猛然蹿上心头：我一直在学法国菜，却从来没有到过法国，法国人的地道口味到底是什么呢？如果连这个最基本的问题都没机会探究，戴着这顶"台湾最年轻的法国餐厅主厨"高帽又如何？

坦白说，亚洲人要做法国菜在先天条件上已经比欧洲厨师不利许多，因为没有完全的法国环境，根本无法知悉什么样的法国料理才是最好的料理，所以只能停留在依样画葫芦的阶段。有些味道我们觉得很美味，但法国人却感觉很糟糕。"要能做出连法国人都觉得地道的法国菜，才算真正了解到法国料理的精髓吧！"这个想法一直在我的脑海里打转。

双子星主厨提出的邀约唤醒了我心中"一定要去法国学料理"的热切激情。但冷静下来后，问题一一涌上来了：我能在异地生存吗？要去多久呢？是"蘸酱油"般走马观花到此一游？还是要"变成一个法国人"，深探法国的精髓？一个又一个疑问，在我心中汹涌翻腾。"能待多久就待多久吧！"出发前，我终于下了这样的决心。法国这一趟，我是迟早都要去的。不顾众人担忧的眼光，我下定决心，尽快出发。

于是我积极准备出国，卖掉心爱的摩托车，加上跟阿姨借的十五万和以往的积蓄总共有二十五万元。但光是飞法国的机票，就先花掉七万块了。即使如此，也不能打退堂鼓。就这样，我背着一个背包，带着一套伯父送的刀具和亲朋好友满满的祝福出发。我的一股傻劲，其实来自追求梦想的勇气，即使心情忐忑不已，我也还是迈出了对我极为重要的一步——飞往法国！

那时候真是初生牛犊不畏虎，我半句法文也不会，压根儿没有多想到了法国之后会面临什么状况，心中只有一个简单的念头：这是一件我所认同的事情，那就勇往直前放手去做吧！

只要我把百分之一百二十的努力都拿出来，那就没有什么是克服不了的难题。站在桃园机场的出境大厅，望着一架架即将起飞的飞机，我下定了决心。

亦师亦父的双子星主厨

脱下“台湾最年轻法国餐厅主厨”的厨师帽，一切从零开始，我从台湾飞往南法的蒙彼利埃小城。

那真是一趟耗时费力的旅程，我必须先飞到英国伦敦，再转机到法国，之后再从巴黎搭法国国内班机抵达南法的蒙彼利埃—地中海机场。光是在飞机上就待了十七八个小时，加上在机场候机、转机，还有陆上交通，整整要花一天半的时间。千辛万苦，我终于来到了梦寐以求的料理圣地——感官花园。

位于法国南部的蒙彼利埃小城，在遇见双子星主厨之前，我对这个城市完全陌生，不仅不知道它落在世界地图的哪个点，连它的名字我都是第一次听闻。蒙彼利埃是座历史悠久的小城，距离地中海只有七公里，离法国首都巴黎有七百公里之遥，是法国第八大城市。它的地理位置正巧在西班牙与意大利的中心点上，这条线上还有马赛、尼斯、坎城等著名的避暑城市，沿途山水相傍、风光旖旎，阳光终年普照蒙彼利埃，因此它也有“日不落城”的美称，是法国人最爱的旅游景点之一。

Pourcel 兄弟俩在餐厅成立前，原本是各自发展的。直到 1988 年，两人才决定和好伙伴 Olivier Chateau（奥利雅耶·沙托）在距离蒙彼利埃市中心不远的一间废弃小屋，合作开设感官花园。

他们以地中海式花园为概念，创造出现代感十足的餐厅，在里头施展创意，提供精致的法国料理。十年后，他们的餐厅获得了米其林三星餐厅的荣誉，创造了米其林三星“最年轻厨师”的纪录。两兄弟在法国可是家喻户晓的大明星，红透半边天，所到之处，都有很多人排队等着签名，跟偶像一样。

哥哥 Jacques 和弟弟 Laurent 这对双胞胎，弟弟结婚了，哥哥单身，因此两人并没有住在一起。我抵达蒙彼利埃后的第一个住所就是 Jacques 的家。

只身到法国学艺的我，人生地不熟，一句法语也不懂，加上口袋里的钱不多，也没办法租房子。考量种种状况，Jacques 给我一个房间，让我暂时得以安顿。很久以后我才知道，从世界各地来到感官花园工作的伙伴中，只有幸运的我住过主厨的家。

我不懂法文，Jacques 不会英文，两人之间沟通有困难，但他就像爸爸一样非常照顾我。我一住进他家，Jacques 就帮我准备了一床棉被、一台小电视机。这样我回家睡觉时有棉被盖，放松时有电视看，他还带着我去买了一辆脚踏车。“以后你就可以骑着它上班了。”Jacques 的话不多，但一举一动都充满关爱，着实让在异乡的我备感温暖。

隔天一早，我就到感官花园报到。Jacques 和 Laurent 虽然是双胞胎，但个性却有天壤之别，而他们在厨房负责的职务正像极了他们的性格。哥哥 Jacques 热情又贴心，负责餐厅的海鲜和甜点。负责前菜和肉类的弟弟 Laurent 则纪律严明，要求精确完美，非常威严。两人一柔一刚，可以说是最佳拍档。

在感官花园工作的七八年里，我不仅向他们学艺，两人的生活态度对我的影响也很大。放假的时候，Jacques 会跟我说：“André，明天休息，我带你去 La Place de la Comédie（戏剧广场）玩，那里有 19 世纪的 Opéra Garnier de Paris（加尼耶戏剧院），还有 Trois Graces（智慧三女神）喷泉！”就这样，在 Jacques 的带领下，我看了不一样的人，认识了不一样的东西，完全见识到了法国本土的文化。

Laurent 则是厨房里的“王”，他说的话就是唯一的法律。他说菜要切两毫米，就只能切两毫米；汤要熬十分钟，就只能熬十分钟；早上六点开工、凌晨一点打烊，所有人没有第二句话，六点整全员到齐，凌晨一点才关门走人。Laurent 是我认识的最严肃又严格的人，在他的厨房里，每分每秒、一分一毫都必须计算到精准，不容许失误。“士兵的责任，就是学习与服从。”Laurent 这么说。他的规矩谁也不能挑战，严厉到让人几乎喘不过气。

下班后与 Jacques 的相处则是一百八十度大反转。Jacques 会跟我聊一些很轻松的话题，有时我还无法转换在厨房里的情绪，他总是笑笑说："在家就要尽量放松，聊些轻松的事嘛！" Jacques 还会教我餐厅里学不到的事，好比他一有空闲，就会带我逛艺廊或去听音乐会，一派感性的生活风格，无形中也丰富了我的艺术涵养。

Laurent 曾对我说:"André，我希望你凡事都要做到完美，即使'完美'是不存在的。"而 Jacques 会对我说："André，你要时时注意周遭环境变化，训练敏锐的观察力，不论是对人对事，对待艺术也都要如此。因为我们做菜，其实就是艺术的一部分。"

就这样，上班的时候，我绷紧神经跟着 Laurent 学习料理；下班后，我就和 Jacques 一起学习如何生活。这种上下班完全相反的生活，无形中对我往后的工作态度与生活方式，造成了理性与感性两种截然不同的模式。

在感官花园的那七年，为了达到两兄弟对我的期待，我的学习力、执行力和抗压力都被训练得很强韧。我在他们身上不仅学到了精辟的料理技艺，更见识到了法国人对工作的热情与执着。如今我常常觉得，自己好像拥有他们俩的风格和性格，大概是 Jacques 和 Laurent 的合体，造就了现在的我吧！

与马铃薯对话

第一次踏进感官花园厨房，感觉就好像做梦一样！“这是中国台湾来的 André，从今天开始，他要加入我们的厨房，和我们一起工作！”Laurent 为新加入的我做了简单的介绍。

当年的感官花园不仅在法国颇负盛名，更是米其林数一数二的顶尖餐厅，有资格进入餐厅厨房工作的人，全都是来自世界各地的厨师精英。

从“梦幻厨房”的感动中回神，我定睛一看，偌大的厨房内，三十多位穿着纯白厨师服的厨师，几乎都是金发碧眼、轮廓深邃的欧洲人——西班牙、意大利、比利时，甚至远从美洲来的都有，唯独没有黄皮肤的亚洲人。难道我是感官花园厨房的第一个亚洲人？我心中漾起一丝得意的窃喜。

但不久之后，我马上感受到大家质疑的目光：为什么这个黄皮肤的人可以在这里工作？他有什么能力？还是靠什么特殊关系来的？刚才冒出的小小喜悦，瞬间化为一股莫名的沉重。

打完招呼，每位厨师随即回到各自的工作岗位。看着他们熟练的动作，我清楚地意识到这里不仅是个“梦幻厨房”，还是一个“梦幻团队”。随便一个做杂役的员工，可能就是他们国内数一数二的大厨。这里，就像武侠小说里形容的一样，卧虎藏龙。

我的直觉没有错，能到这里工作的厨师都是各地顶尖的一流厨师。他们自愿放弃原来的高薪、高成就，和我一样怀着朝圣般的热情来到这个厨房，尽管只能领微薄的薪水，甚至没有支薪都无所谓，为的就是要经历这样难得的学习过程。包括我在内，每个进到感官花园的人，不管先前的职位有多高，只要一踏进这个厨房，一切归零，从原点开始。

我也惊讶地发现，曾经被尊崇为法国米其林史上最年轻的厨师、料理已臻完美境界的 Jacques 和 Laurent，竟然也和大家一样每天一大早就来上班，忙碌地准备一天的食材，亲手制作一天的料理。从开店到打烊，他们和大家一样，忙到深夜才回家。

有主厨以身作则的榜样，感官花园的每位员工，即使一天工作十六个小时，也丝毫不抱怨喊累。这是在其他餐厅看不到的景况！第一次目睹整个团队通力合作、上下一心的热情，我很庆幸自己做了正确的决定，飞到法国感官花园，成为他们的一员。

然而，我在感官花园的起步真的非常艰辛。刚开始甚至连炉子都碰不到，我在厨房的角色就像个垃圾桶，别人不想做的事情、忙到没空处理的东西，统统丢给我做，而我只能全然接受。除了最基层的打扫清洁工作，每天我必做的一件事，就是削马铃薯、煮马铃薯，这个看似单调简单的工作，却让我发现了不少乐趣。

很多人懂得做高贵的鹅肝料理、松露料理，却不一定能煮好一颗马铃薯。马铃薯是随处可见再平凡不过的食材，却也因为它的简单，人们常常忽略对它的了解，往往煮得不好。

当时我一句法文也不会，根本交不到朋友，唯一可以对话的，大概就是马铃薯了。马铃薯有大有小，品种不一，所以在煮一大锅马铃薯的时候，不同大小、品种的马铃薯，煮熟的时间就不一样。小颗的必须先捞起来，稍大个头的马铃薯则必须多煮几分钟，不同品种的马铃薯煮食时间也不相同。就像同一个家庭的小孩，虽然是同一个妈妈生的，但高矮胖瘦，甚至是脾气性格完全不同，都必须用心地观察，给予最适切的关怀。

也就是说，虽然马铃薯一起下锅，捞出来的时间却充满学问。长时间的观察与摸索，慢慢地我对每颗马铃薯都有敏锐的直觉。哪一颗要起锅，哪一颗还要再多煮三分钟，小颗一点的只要再过半分钟就可以捞起，我全都心知肚明。到了最后，一大批马铃薯下锅，我仿佛可以看到每颗马铃薯上都标示着不同的起锅时间，五颗马铃薯下锅，我就能看到五个时间表。这就是我与马铃薯之间的对话。这份

只有我跟马铃薯之间的“默契”，是我投注两年的时光培养而来的。

虽然我很会煮马铃薯，但对深奥的法式料理来说，当然是不够的。就像学亚洲料理，第一件事是先学会洗米煮饭，很会煮马铃薯也只是进入法式料理最基础的第一步而已。那么在法国这段时间，我要怎么样才能做得比别人更好，这是打从我进感官花园厨房后，七年之间不断思考的问题。

因为并不是在法国土生土长，先天环境已经不足，更需要靠后天努力去弥补，唯有投注更多的精力与时间，才有机会迎头赶上。这个认知，让我在法国习艺期间兢兢业业，不敢有一分钟松懈。而在感官花园厨房里，每一个人都是精英，能在这里生存的人，都有出众的才能。在这场顶尖精英的竞赛中，能与他们齐头并进已经很不容易了，想要再超越他们，更是一大挑战。

然而初到法国的第一年，过得特别艰苦。因为一句法语都不懂，有时主厨已经开骂，骂得脸红脖子粗，我仍然听得“雾煞煞”；有时候甚至主厨已经气得拍桌跳脚、摔锅盆，我还是搞不清楚状况。这种时候尤其苦不堪言，好像在看一部外国恐怖片，震撼的音乐、高潮迭起的情节都在告诉你，喜欢的主角即将要发生很可怕的事，但身为旁观者又听不懂剧情的我，却只能在一边干着急。

有时压力大到快崩溃，什么事也做不了，只能用力握着拳头，紧闭着嘴，压抑住快要掉下来的眼泪。眼明耳聋的世界，什么都不理解，真是最可怕的梦魇。这一年，我吃得很多，但却整整瘦了十六公斤。

我回想起台湾的厨房长辈常说：“哎呀，这个人没有功劳，也有苦劳。”意思是说，尽管这个人没有什么功业，但仍然是肯苦干的帮手。二十出头的我，年纪轻，不会讲法文，技术普通，如何才能让别人感觉自己有存在的价值？不如听从老长辈的话，即使现在没有功劳，我也要当一个有苦劳的人。

每天工作十六个小时到十八个小时，一天平均睡眠只有三到四个小时，连休假都在上班，一年三百六十五天，我没有一天偷懒休息。主厨若要求三点到，我就一点到；如果有人一点到，下回我就提早在十一点到。别人做的事，我跟着做，别人不做的事，我也做。我的睡觉、休息时间都比别人少，勤能补拙成了我唯一的武器！

曾有朋友问我："André，你为什么要这么拼命呢？"我觉得如果自己很渴望在一个陌生的环境中生存下来，就像"饥饿游戏"一样，一定要有一项比别人强。初来乍到的我几乎没有任何竞争力，如果连全力以赴、咬牙苦撑都做不到，那就别玩了，肯定马上被淘汰。

而我唯一真正在意的是 Jacques 和 Laurent 的感受，他们对我要求严苛，却从未叫我离开。既然他们都没有放弃我，为什么我要先放弃自己呢？因此我不断向自己喊话："我不会输，也不能输。"

工作辛苦，无法与人正常交谈，同事用异样的眼光看我，但只要 Jacques 和 Laurent 支持我，这些我都可以忍受。我告诉自己，虽然语言、技术、文化条件上，我不如别人，但我还有个强处——我可以花比别人更多的时间来努力。我很清楚现实的状况，在感官花园，只有精英中的精英才有资格生存下来。因为它是法国最好的餐厅之一，不能胜任的人，下一季就会被淘汰。这里每天都有上百个人来应征，没有实力，就没有存在的意义。

既然离乡背井，就要全力以赴，而且也只能全力以赴。我放弃"台湾最年轻的法国餐厅主厨"的头衔，来到这个梦幻战场，就要把自己化为一块海绵，全心全意吸收所有技艺。面对现实，我不好高骛远，全心地把自己交给这个环境。后来我也明白，其实不管到哪里，只要进入一个新的环境，就要百分之百地投入，没有怀疑、抱怨，没有一点点个人意见，才有可能战胜最初的艰难挑战。

米其林美味探索之旅

在双子星兄弟的厨房工作一年以后，我领到了第一份薪水。“André，Well done（表现得很好）！”发薪时，主厨拍拍我的肩膀。

那一刻，是我至今仍然难以忘怀的珍贵时刻。这份薪水代表我的价值，也就是说，我在感官花园工作的表现，已经达到某种水平——被主厨肯定的水平。

对我来说，这个肯定的意义何其重要。每年都有上百个人挤破头要进感官花园工作，就算没有薪水，只要是这里的一分子，就是一种荣耀。而来到这里的一年后，我居然能领到薪水，对我来说，那真是“了不得”的肯定。这一刻，同事们一改以往的质疑，对我投以羡慕的眼光。

其实确切的薪资，无论在当时或现在都算很低，即使如此，从第一份薪水，到之后的每一份薪水，我把它们全都投资在与料理有关的事物上。存钱对我来说并不重要，重要的是在法国这段时间，我要

如何投资自己的料理技艺。

其中，在法国拜访米其林餐厅，成了我最重要的功课。那时候吃一顿米其林料理，加上车资和最简陋的住宿，几乎就能花掉我一整个月薪水。尽管一个月只能吃一次，拮据到极点，我还是乐此不疲。

钱不够多的情况下，为了实现“米其林探索之旅”，我会事先调查这个月想去品尝的梦想餐厅，搜集资料，规划行程，然后在每个月的领薪日，搭乘便宜的夜车或是跟朋友一起开车前往，总之尽可能降低车资。为了这个奢侈的探索之旅，我平日省吃俭用，休假的时候，不跟朋友去夜店玩乐，也不买其他娱乐用品，而是将所有钱存起来，每个月尽量都安排吃一次米其林餐厅的美食。

存钱对当时的我来说，并没有什么意义，我最重要的目的是要利用在法国的这段时间——短则两三年，长则七八年，提高自己的实力。因此每一分钟、每一分钱，都必须“发挥淋漓”，因为这可是我一辈子最关键的黄金学习期。

米其林餐厅里的一客餐点少说要两三百欧元，尽管我的口袋已经没有预算，最终可能连坐车回家的钱都不够，但既来之，则安之，我一定会点最有价值的菜色。这两三百欧元，每一分钱都要用到实处，达到最高的效益。

于是，我会细细品尝每一口料理，并且把每一道菜的小细节全烙进脑海，回到家，我会通过画笔，把每一份味觉和料理的内容精准地描绘下来。如此不仅加深了品尝的印象，更训练了我快速抓到美食的重点。这两三百欧元就像缴学费一样，我必须一一消化这些美味佳肴，内化为知识的养分。

刚开始，我从米其林三星餐厅开始吃，吃完了以后，就接着吃米其林二星和一星。透过这场探索之旅来体会法国料理的深意，什么样的料理、什么样的味道，才是美好的、地道的；什么样的料理才有资格被称作米其林三颗星、两颗星、一颗星；什么样的味道，是三颗星的味道，和两颗星的味道差别又在哪里。我不是主观地以自己有限的知识去判定我喜欢或不喜欢这道菜，而是把料理当作学问一样在探究和挖掘。

事实上，我一直很清楚自己要什么。小时候辛苦的打工经历让我明白，赚来的每一分钱，应该要用对地方，这不是小气，而是花到刀刃上。也因此我对花钱这件事非常有计划，绝对不是找个名气餐厅，买瓶推荐酒，游客般地吃吃喝喝，吃饱喝足就了事。

我跑遍法国各地，去最好的餐厅，点最好的料理，详细记录心得以及过程中延伸的灵感。打开笔记本，里头画满了探索之旅中我所吃过的每一道菜：菜色摆饰什么花草，采用什么酱汁调味。有时候我也到酒庄喝珍藏美酒，通过实地的品饮经历，扩大自己对料理的视野与认知，毫不浪费每一分辛苦赚来的钱。

一点一滴，都内化为无形的实力，我深信有朝一日，我一定能将这些知识化为自己的料理！在感官花园赚来的钱，几乎都这样花掉了。直到离开法国前夕，我身上一分钱都没有，荷包扁扁。但是我知道，我让自己成了一座丰盈的宝库，内心非常富有。

小仓库里的红酒香

在感官花园工作一段时间后，厨房里又来了一位黄皮肤的日本人，他的名字叫岸田周三，后来我们两人成为很好的朋友。他是位非常优秀的厨师，现在在日本开设的“事物的本质（Restaurant Quintessence）”法式餐厅，也获得米其林三星的肯定，我们至今仍保持密切联系。

当时我在感官花园已经待了好一阵子，比我晚进来学艺的岸田周三，如同我刚进来一样也是从没有薪水开始做起。他的法文不好，而我刚好会一些日文，于是我就像大哥一样照顾他。

那时候，虽然我已经开始支薪，但薪水少得可怜。为了节省开支，刚开始我们俩住在感官花园厨房后面储放米、面粉等备货的木造仓库里。我和岸田两个黄皮肤的穷小子，就睡在这个挤满杂物的免费小屋里。我们的床铺很简单，床的位置就在大约一人可以通行的走道上。晚上工作结束，我们就在走道一前一后摆上两张单人床垫，把这里当成卧室。睡在这里最大的好处是不用付租金，但这个“宿舍”

除了两张床垫，其他什么东西都没有。

那时候的日子过得很辛苦，一早起床睁开眼就是工作，直到深夜才下班，下班回仓库就是睡觉。我们经常一整天，甚至一整个星期都没有离开过餐厅，活动区域就是仓库、厨房，厨房、仓库，没有踏出餐厅大门一步。

但是我们两人都对做菜充满热情，熊熊斗志让我们无视任何困苦。累了，彼此互相打气；病了，我们互相照顾。两个黄皮肤穷小子惺惺相惜。

为了维持顶级招牌，感官花园所有食材一定都是要最新鲜的，不能有一点点瑕疵，卖相不好、味道不成熟的统统淘汰。餐厅经常在周末时清出一整个星期的淘汰品，照理来说必须全部清除，但有些东西丢掉实在很可惜。比如龙虾，龙虾的钳子和身体之间有两段肉，但因为口感不够好，比较高级的餐厅都是不用的。这时，我们俩就会向主厨问道："Chef，这东西可不可以让我们带回去吃？"当主厨同意后，我们就会私下把它当作炒饭的配料，炒起来可是芳香四溢，我们吃得津津有味。

法国料理中，品酒是一门很重要的学问。我不是嗜酒的人，但为了了解酒与菜色的搭配，我也投入了很多精力与金钱。而最让我难忘的品酒经历，就是在感官花园跟岸田一起当学徒时的故事。

休假时，我们最常做的事就是去当地有名的酒屋看各式各样的酒。我们总是会在店里待上很长时间，观望架上一瓶又一瓶的酒，然后两人热切讨论。

“嘿，岸田，快来看，这是隆河区的酒耶！”

“André，这瓶酒我在书上看过介绍！很有名哦。”

像发现金矿般，只要看到一瓶好酒，两个穷小子就忘情地站着讨论很久，完全无视其他人的眼光，好像这个卖酒的店是我们开的一样。

有一次，我们惊喜地发现架上摆着一瓶专家推荐的“传说中的梦幻美酒”，我们兴奋不已。然而一看标价，唉，那可不是我们买得起的酒。

“请问，这就是那瓶传说中的梦幻美酒吗？”我向店员询问。

“没错，就是这瓶。我们店里也只分配到这瓶呢！”店员亲切地向我们解释。

“我有一百二，你有多少钱？”我转头问岸田。

“八十块。”岸田掏出荷包里所有零钱。

“那还是不够！”尽管依依不舍，但我们最后只能把酒摆回架上。

接下来几个月，我和岸田拼命存钱。怕酒被别人捷足先登，我们一放假就会往那间店里跑，看看那瓶酒还在不在，并向店员询问很多问题。最后两人总是互看一眼，再次不舍地把酒摆回架上，就这样持续了三个月。

直到有一天，我们终于把钱凑足了，一放假，两人就火速往店里奔去，开心极了。几个月以来，店员早就认识我们，看到我们又来了，笑一笑也没说什么。

“我们要买这瓶酒！”我和岸田把存了三个月的钱从口袋里掏出来，一把放在桌子上。

“恭喜你们！没问题。”店员好像也替我们松了一口气。

终于可以把这瓶传说中的梦幻美酒买回家了，我和岸田忍不住笑开了眼。

我们小心翼翼地捧着这瓶垂涎三个月的美酒，快步回到蜗居的小仓库。两人面对面，席地而坐。这“啵”的开瓶声，真是人世间最浪漫的声音。

酒香弥漫在小小的仓库里，我们把酒倒入两只在餐厅里擦得晶亮的红酒杯里，在昏黄的灯光里，你一口、我一口地品饮起来。我们喝得很慢，感觉这瓶得来不易的酒，仿佛多了一种特别幸福的味道。

我们一边喝，一边写笔记，两人写完了以后再互相交换心得。

“这瓶酒，你觉得搭配什么最好？乳鸽吗？”

“我觉得配蜗牛也不错！”

这就是我们品酒的方式，我们席地盘坐在小仓库里，用最好的水晶酒杯，品尝最美好的法国葡萄酒。喝完了，心满意足地躺在地上倒头就睡。这一晚，破破旧旧的床垫，似乎多了一股浪漫的葡萄酒香。

回想起来，那个时候的日子虽然很苦，可是我们对料理的热情让我们即使天天二十四小时工作也不厌倦，充满着干劲与喜悦。

热情非常重要，当你对一件事有热情时，你就能战胜所有的苦。如果对一件事没有特别的感觉，只是一份工作，就会经常感到辛苦，甚至厌倦。所以找出自己的热情所在非常重要。虽然一开始可能不明白自己对什么有兴趣，就像我起初也不知道要往料理这条道路上走一样，但一定要去尝试、摸索，找出自己最适合、最想走的路，然后大步勇敢地向前迈进。

我的法式生活

刚到法国生活，一天二十四小时都沉浸在法国料理的世界里，那时每天醒来都感觉像做梦一样，充满不真实的兴奋感。

我知道自己不可能永远都待在法国，总有一天要离开，但希望那天到来的时候，我已经做好十足的准备，唯有如此，才不会辜负感官花园对我的栽培。所以只要在这里一天，我一定要善用每一分钟精进法国料理厨艺。

除了精湛的技艺之外，法国料理到底是什么呢？对我而言，生活的内涵，才是法国料理的精髓。于是我跟着法国朋友，展开这样地道的法国生活。

早上起来，我会去逛法国的早市，红、黄、绿、白的食蔬令人目不暇接。芝士、牛奶、培根、腊肠的香味，好像在鼓舞一天的元气。我吃完简单的法式早餐配咖啡，漫步在街道，人声、脚踏车铃声、橄榄树随风起舞的叶子沙沙声……每一个角落、每一道声息，都是法国独

有的浪漫优雅风味。

就这样，我努力把自己当成一个法国人，彻底融入其中去过好每一天。完全不去想原来的江振诚在做些什么，我要把所有法国人从小到大的生活都经历一次。

哪些事是法国人自豪的传统呢？比如打猎、酿酒、采葡萄、采香菇、养蜗牛都是法国人从小到大必须经历的习俗。这些当地人才会做的活动，虽然辛苦粗重，却对我散放着迷人的吸引力。

我每个星期只休一天假，假期前一天最忙碌，几乎都要工作到凌晨一点。其他同事大都趁着休假日好好补眠，睡到日上三竿，把一个星期以来的疲乏补回来。我是唯一的例外，因为我在跟光阴赛跑，希望把在法国的五年、十年，当成二十年、三十年来体验，怎么舍得把大好时光拿来睡大头觉呢？

我到乡间去打猎，凌晨四点就要集合，比上班时间还早。如果我在休假时安排打猎，等于前一晚只能睡两个小时，但是我甘之如饴，因为经验难求。我们跟着猎狗快速追逐，轻声移动，嗅闻泥土找寻动物的足迹。

除此之外，我也去摘松露。长在特定树林里的松露，必须靠严格训练的雌猪和狗才能找得到，不过如果靠雌猪来找寻松露，就要盯紧小猪的一举一动，否则一不小心，珍贵的松露很容易被开心过头的小猪一口吃掉。这些体验虽然耗去我很多体力和时间，但我能从其中发掘法国人最真实的日常生活。

直到现在，还经常有许多法国人问我：“嘿，André，你怎么知道那么多法国典故？这么古老的事，连我这个地道的法国人都不知道呢！”

除了法国的生活，那么法国的口味呢？最初来到这里，我就告诉自己，既然要到法国学料理，我就要变成一张白纸，摆脱以往的喜好，清空脑袋，遗忘原本的味蕾。也就是说，从现在开始用全新的方式思考，才能够融入法国人的世界。重新归零的改造过程看似简单，但要打破既定观念，其实很不容易。

宛如一场脑内大革命，早期有很多东西的口味我无法接受，但只要法国人说“这东西好吃”，我就告诉我的大脑：“没错，这个东西是好吃的。”

但是好吃在什么地方呢？我必须给自己找一个合理的解释，比如羊芝士的味道，亚洲人无法接受，觉得又浓又腥，味道太强了，但法国人很喜欢。我必须从中找到一种说法，对大脑解释：“羊芝士很浓、很香，味道美极了，法国人就喜欢这个味道，不要怀疑。”

我催眠自己去了解法式美味的意义，完全不以固有的成见、个人的角度批评任何一种料理，发自内心地全然接收。法国人觉得好吃，就是好吃。法国人说这种鸭肉一定要搭配哪种酒，那么肯定没错，一定要这么搭配。我就是通过这种强制性的改造来重建我对食物的品位，从“一个到法国习艺的外来人”逐渐变成“一个法国人”。

法国还有另一个吸引我的地方，就是法国人对事情的坚持与执着。这个特质让生长在台湾、习惯快速变动的我感到非常不可思议。

刚到法国时，我在里昂的街上发现一间很有名气的面包店，这间店的面包师傅采用炭火来烤面包，因此每天在烘焙面包的时候，整条街都会弥漫一股质朴温暖夹杂炭火与面包的香气，好闻极了！

直到最近我重回里昂那条旧街道，竟发现十几年过去了，面包店依然准时开门营业，同一个老板用同一种方法制作这种炭烤面包，而那股香味竟然和记忆中里昂老街道一样不曾改变，也不会改变。熟悉的炭烤面包香，对旧地重游的我来说仿佛是另一种路标，为我指引“回家”的路。

法国人的执着与坚持，我在恩师双子星主厨身上更是领略至深。有一阵子，每天工作超时，我身心疲累不已。有天收拾好工具准备下班时，却看到主厨兄弟还在整理善后。已经是世界名厨的两兄弟，每天还是有如上了发条的时钟，准时上班，深夜下班，每天工作十六七个小时，从不喊累。他们都已经达到如此地位，仍然在坚持，我当然要撑下去。在他们身上我看到“成功的背后只有坚持，没有侥幸”。从那一刻起，我便不再埋怨。

法国人认为一个人坚持一种理想时，只要全心全意投入，自然就会散发出一股光芒，这样的热情会让人全身发热，会让时间定格，就像日本人常说的“一生悬命”。而我们呢？

莫忘初心

/ 只要我把百分之一百二十的努力都拿出来，那就没有什么是克服不了的难题。

/ 没有实力，就没有存在的意义。

/ 把自己化为一块海绵，全心全意汲取所有技艺。我面对现实，不好高骛远，全心地把自己交给这个环境。

/ 成功的背后只有坚持，没有侥幸。

Chapter——5

杀手出任务。

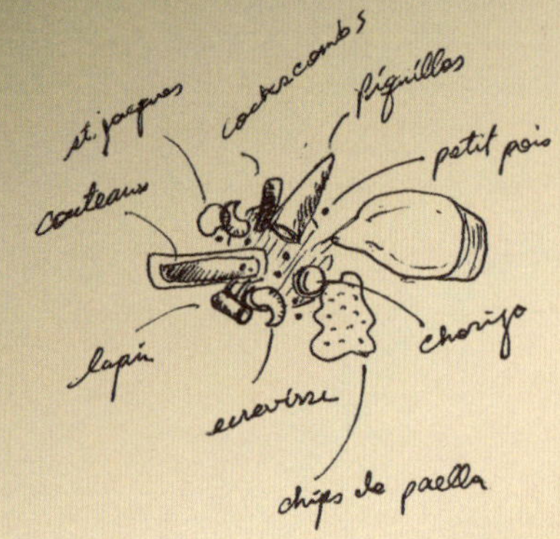

generasity, colorful, creative is the word for south, and thats also what this dish stands for.

杀手，就是我

我在法国有个绰号叫 tueur，翻译成英文是 killer，也就是杀手的意思。这个绰号，一方面是因为长期以来维持的平头造型，看起来杀气腾腾。另一个原因，则是我面对工作总是一丝不苟，从不嬉皮笑脸。在感官花园里，对于主厨委派我的任务，我永远不会多问“为什么”，更不会找理由推托：“唉，有困难，做不到。”我，永远都是完成任务的那个人。

“André，你明天到巴黎分店去支援几天！”主厨交代。

“没问题！”我立正站好，确认地点点头。

在感官花园工作的第三年，我第一次接到主厨委派的任务。那时候，我一字一句拼学出来的法语，已经进步到可以与人流利地交谈；而我也因为日夜毫不松懈地努力工作，晋升成为主厨的重要副手。

这一年，除了在蒙彼利埃的感官花园总店之外，Jacques 和

Laurent 也在法国首都巴黎开设了第一家分店“Maison Blanche”。这家店的位置极佳，坐落在巴黎最奢华的蒙田大道上的香榭丽舍剧院顶楼七楼，拥有二三十位厨师的编制，外场满座大约可容纳两百位客人，属于旗舰型的代表餐厅。店内两层楼的挑高装潢设计，简约优雅又不失现代感。尤其居高临下的视野更让人惊艳，透过大片玻璃窗往外望，巴黎美景尽收眼底，让人心生向往的埃菲尔铁塔仿佛就在眼前。

巴黎顶尖的时尚人士都很喜欢这间餐厅，许多名媛仕女在蒙田大道上血拼后，都喜欢走入 Maison Blanche 享用美食，为一天画下优雅的句点。因此这家店的菜单和蒙彼利埃总店的风格不太一样，走的是比较轻松随兴的风格。由于店务扩张的关系，感官花园的师傅们分身乏术，我出任务的机会因此增加了许多。只要主厨说巴黎分店需要支援，我便火速飞往巴黎。主厨会建议我，工作结束后先在巴黎休息一晚，隔天晚上再回来。但我总是告诉他："结束后我会坐早上第一班火车回来，然后直接进厨房，应该赶得上午餐。"

有时候主厨会下达临时命令："André，我们要到荷兰做一个表演。"除了国内的店务，主厨开始委派我协助他们执行国外的业务。

"菜单是什么？几天？有多少人？"我简明扼要地询问重点。

"这次的菜单我想做……"主厨一边说，我一边拿出随身小笔记本快速记录着。

"好，晚上我就把所有东西准备好！"出发前，我已经把相关事宜全部安排妥当。

另一次，他安排一场两百人宴会的任务给我，我在宴会举行的前两天，就先飞到表演饭店，将食材、调酱、摆搭、舞台、灯光等所有准备事项先安排就绪。等主厨在宴会开始前抵达，马上就可以正式上场。

每一次任务的每一个细节，我都很严肃地对待，并认真执行。那段时间，我随时随地都提醒自己："江振诚，你的每一分钟都很宝贵，没有时间可以浪费。"我脑子里唯一的认知，就是"使命必达，完成任务"！

我对双子星指派的每一项任务和挑战都乐在其中，因为 Chef 的信任，愿意赋予我重任，所以我更加珍惜每一个表现的机会，全心全意投注心血。当我全神贯注、不苟言笑时，这种严肃的神情常让人觉得难以亲近。但我一点也不在意这个"杀手"的形象，重要的是，收到指令，完成任务，有如杀手般的快、狠、准。我，就是这样的人。

Make it happen!
让它实现！

我是感官花园厨房里第一个以亚洲籍身份得到重用的主厨。

时光飞逝，到感官花园工作的第七年，我被拔擢为感官花园的执行主厨，这个职位仅次于 Jacques 和 Laurent 两兄弟。简单来说，哥哥 Jacques 负责外场，弟弟 Laurent 掌管后场，而我的职责就是统率厨房里的三十五位厨师，向 Laurent 负责。

餐厅开门营业前，我必须把后台出菜的所有事务准备妥当，等餐厅大门一开，客人开始点菜，让接下来的出菜流程顺畅无误。就这样过了几年的时间，我对厨房的掌控度越来越娴熟。

那一天，Jacques 和 Laurent 两兄弟慎重地把我叫到跟前说：“André，我们有一个 Project（任务），而这个 Project 是属于你的。”任务还不清楚，但一股莫名的紧张感从内心涌出。我没有答话，专注地聆听主厨准备交代的任务。

“我们准备在亚洲开设第一家感官花园分店！”两兄弟停顿，严肃地注视着我，然后缓缓开口，“店要开在东京，而这个 Project 是属于你的。”

我完全说不出话，脑海里飞过千百种想法：我要如何开始？以后会出现什么挑战？我要如何正面迎战？主厨仿佛知道我在想什么一样，只说了一句话：“André, Just make it happen!（让它实现！）”

以往主厨交代任务，多少会交代一些注意事项，但这一次，他们却不再多说，全部放手交由我来做。我心里明白，这是因为他们完全信任我，觉得我已经成长，可以自己做决定。一句“Just make it happen”，没有要求，没有局限，就像一场 Open book（开卷）的考试，完全让我自己发挥。此时此刻，我的内心交织着紧张、兴奋又期待的情绪。

那一年，正值公元 2000 年，是全世界热烈展开庆祝的千禧年，也是另一个新世纪的起始年。受到指派的我，正要独当一面。套用台湾学徒最期待的一句话：我可以出师了！虽然我一直认为没有所谓的“出师”这件事，因为学无止境。

就好像千里马遇到伯乐，我不知道自己的极限在哪里，但背后总有一股驱动力，不断推动我往前迈进，鞭策我突破极限。打从新指令下达的那一刻起，我的脑海就完全无法停歇，涌上各式各样的想法。

事实上，感官花园从法国延伸至亚洲市场，这种国际连锁化的经营方式在当时是很大胆的尝试。在双子星兄弟之前，从来没有任何米其林级的厨师想过要到国外开设分店。即使是被视为天王教父级的 Alain Ducasse 和天才明星厨师 Joël Robuchon（若埃尔·罗比雄），都不曾尝试。双子星这番举动，完全打破了“法国顶级料理无法复制”的传统思维。

Jacques 和 Laurent 的想法和做法，在当时法国料理界掀起了非常热烈的讨论，许多人抱持强烈的质疑：米其林餐厅可以复制到饮食文化完全不同的亚洲吗？成功率会有多少？但一向和一般传统法国餐厅的经营模式大相径庭的两兄弟，这一次在推动亚洲市场的拓展计划前，早已做了审慎的考虑与完备的功课。

感官花园虽然在巴黎设有分店，但毕竟位处法国国内，食材、人手、客群等主观与客观的问题都容易克服。如今要在十个小时飞程以外的日本开设一家正宗顶级口味的米其林法国料理餐厅，即使东京已是国际性大都市，然而亚洲的风土民情、饮食口味仍与欧洲差异甚大。这次被指派到海外开店的挑战，对我来说就像以前的“十字军东征”一样充满挑战。

我可以用“土法炼钢”学来的法文筹划一间法国餐厅吗？餐厅是什么模样？厨房要如何规划？菜单要怎么设计？……实在太兴奋了，我完全无法入眠，好像只要一闭眼，我就少了一点思考的时间，我把所有想法记在纸上，一直写、一直画、一直写、一直画……

对我来说，这也是一种释放。在法国习艺的这段时间，我的味觉已经培养出一种自然的反射状态。以煮酱汁为例，主厨所调制的酱汁对我而言可能太咸了，但我压制住自己感官“太咸”的反应，反而不断自我催眠：“记住了，这才是对的味道！”或者把某种芝士拿给法国人品尝，当法国人竖起大拇指说：“哦，这种芝士，就是正统的法国味！”尽管我无法接受这么浓呛的滋味，我也不会反驳，而是要求大脑赶紧修正：“记住，这才是法国芝士的味道！”

为了做出真正的法国料理，我把自己变成了一个法国人，完全融入了法国的饮食文化，在某种程度上，其实我一直在压抑自己的味觉、嗅觉、感觉……甚至扭转自己原有的想法。所以主厨这么简单的一句话“André，这个Project是你的，把它完成”，就好像轻挥仙女棒一般，把我原来禁锢的“感官咒语”完全释放。有了主厨的认可，我终于可以拥有自己的想法，全力施展了。

对于Jacques和Laurent的信任与器重，我充满感恩。能雀屏中选被委派担任先锋，是因为我是第一个来到双子星厨房的亚洲人，虽然后来也有许多日本人加入，但以资历来看，我对感官花园的营运和料理都有更透彻的了解。

正因为我来自亚洲，我比任何人都了解亚洲市场的需求。除此之外，我通晓中、英、日、法多种语言，也是能与各方沟通的最佳人选。当这个计划确定要执行时，双子星主厨很快就决定：“André，没有人比你更适合这个计划，这是你的计划！”

当时，Jacques和Laurent已经规划要在东京、曼谷、上海和新加坡四个地方开设四家分店。而事后也证明，他们大胆而前卫的创举，的确为法国的米其林餐厅开拓了新的可能。于是我在感官花园又多了一个头衔——感官花园亚洲分店企划总监。一张崭新的美食地图就在我的眼前，等着我大展身手。

亚洲地图的四个梦

接下感官花园亚洲分店的重大任务后，我的第一个想法是：他们给我这么大的肯定，我不全力以赴不行！主厨指派身为亚洲人的我来拓展法国餐厅，其实不乏质疑的声音。一旦失败，那些人想必会觉得：哎呀，本来就该找个法国人来做，怎么会找个亚洲人来负责呢？

尽管一家餐厅的成功或失败不会只有一种原因，但我知道外界批评的声浪一定会先归咎到我的“亚洲人”身份上，先入为主地认为不是由法国人或欧洲人亲手掌厨的餐厅，肯定少了法国味。所以只有全力以赴恐怕还不够，餐厅招牌打的可是 Jacques 和 Laurent 两兄弟的名号，这让我的责任更重大，要是做不好，岂不丢了他们的脸？于是我一再告诫自己，就因为我是亚洲人，所以这个计划只能成功，不许失败。

不论对我本身，还是对提拔我的主厨来说，这都是一个大赌注。而我只能接受一种结果，那就是成功。对于即将来临的分店计划，我付出百分之百，甚至是百分之三百的努力，势必要在每个环节上将能力发挥到极致。

除了完成任务，我的内心深处还有另外一个期望。东京是我睽违亚洲七年之后，最接近家乡的一个城市，我真心希望能把最顶尖的世界料理，完完整整、原汁原味地传回亚洲，让亚洲饕客们能品尝到正宗米其林顶级料理的真髓。不只是蜻蜓点水般的表演式料理，而是每一天、无时差地享受地道的法国美味。怀抱着这样的期望，我准备大展身手，一定要把在法国学习的经验与能量，全部发挥出来。

感官花园计划每一年都在一个亚洲大城市开设分店，选定的地方包括日本东京、泰国曼谷、新加坡和中国上海，初步规划这四个据点，从店面筹备、设计、执行到人员训练，全部由我一手包办。而首要工作，就是先构思分店企划的雏形。

除了由我统筹负责整件案子，其他餐厅硬件工程建设，则由另一位从法国来的御用设计师负责，此人把关感官花园在世界各地的分店，以维持一定的质量。另外在开店后，总部会从法国派出一位驻店经理，管理外场业务。但店里的大小事宜，仍由我全权负责。

双子星这套经营管理学和台湾餐厅的经理管理模式不同。在法国，餐厅经营的所有事物都以主厨和料理为中心，主厨是一家店的灵魂，主厨的特质会影响一家店的风味与风格，也决定了餐厅的成功与否。

所以在法国要当一名厨师，必须多才多艺，学的不只有做菜的技术，管理、经营，甚至开店的设计、监工，从硬件到软件，所有技术和细节，主厨都要了解和掌握。

首先要决定的就是店铺的所在位置。因为是米其林三星餐厅的国外分店，因此在地点上，必须具备米其林等级的气势，当然要选在Prime area——精华区中的精华地段。因此，感官花园第一家亚洲分店，就选在日本东京的“天子脚下”——天皇皇居正对面。

餐厅地点确定后，接下来的工作更忙碌，从招人、培训、建立制度等，可以说百事待举。一向习惯亲力亲为的我，日夜紧盯进度，那几天几乎都没有睡过觉。现在回想起来，万事开头难，刚开始的那一步或许艰辛，但也最令人回味无穷，每一天的每一分钟，都是一场考验。

在店务筹建的过程中，我并不需要天天向 Jacques 和 Laurent 汇报，他们习惯一个月左右来巡视一趟，询问相关进度。而我主导几间分店的筹建过程中，进度从未有任何延迟或耽误，也从未出错，我可以骄傲地说：“我是优等生！”

2002 年，这间名叫“SENS & SAVEURS”的餐厅终于开幕了。它位于千代区丸之内（Marunouchi）大楼三十五楼，视野极佳，不但与天皇皇居外苑腹地相邻，也看得见东京铁塔。丸之内是日本有名的商业街，也是日本知名企业三菱集团的大本营。走在丸之内，举目所见都是漂亮的新建筑，有如现在高楼纷起的台北信义区。

2004年，主厨又派我到泰国曼谷出任务。我们很快在曼谷市中心区最知名的五星级饭店Dusit Thani Hotel开出亚洲第二家餐厅“D’sens”。这间餐厅一直是各地饕客到泰国非朝圣不可的法国料理代表餐厅。曼谷据点开幕不久，主厨与新加坡最大饭店集团莱佛士酒店合作，签了两年的合作契约，感官花园也在新加坡莱佛士酒店里开设了一家分店。

然而感官花园在亚洲最引人注目的焦点，要数2004年底在上海浦西“外滩18号”开出的第四家分店。

2004年修复后全新开张的“外滩18号”，被打造为上海国际时尚名牌、美食、娱乐、艺术的新中心，一度跃上世界时尚生活艺文新闻的重要版面，上海人更得意地说：外滩18号重新定义了上海摩登新风貌。

“外滩18号”共有七层楼，餐厅位于接近顶层的第六楼，和亚洲其他分店选点的概念雷同，这里视野一流，东方明珠塔、黄浦江畔新人家，各种建筑层次勾画出上海新旧交融的风貌。

由于引领了法式料理潮流，餐厅很受瞩目，这不仅是世界米其林三星级主厨在大陆开的第一家餐厅，更象征着上海的美食品位准备跃上世界舞台。

在所有海外分店中，这家店的规模最大，共有一百三十多个位置，厨房里的厨师高达八十名，一个晚上必须做出两百多人食用的餐点，俨然是一个餐饮小王国，成为当时感官花园最具代表性的海外据点。

由于我们的筹备时间相当短，规模庞大，又要求达到法国总店的水平，加上中国正处在西式料理起步的阶段，餐饮工作人员虽多，但要培养出感官花园所要求的“法式料理专业人才”，远比在东京、曼谷和新加坡来得更艰巨。

我先征选上百位厨师，通过感官花园的培训制度，再将不合适的人逐次淘汰删减，去芜存菁，最后挑出八十名优秀厨师。

人才管理又是另一门学问。我们最早征选的这一百多位厨师，有的有经验，有的像一张白纸。第一关面试时，仅是和应征者对话，就让我瞠目结舌。厨师们各自操持着南腔北调的“普通话”做自我介绍，我简直像在听外语一样。单是要把这些来历不同的厨师集合在同一个厨房，就不是个简单的任务。

我该如何管理一百多个人的厨房？正如同一百个紧紧相系的齿轮，只要有一个人卡住，所有事情就可能停摆，后果不堪设想。身为管理者的我一定要确保每一个齿轮运作无误，集中精神，视情况调度和支援，餐厅的流程才能运作顺畅。因此在厨房，我一刻也不敢松懈，对大家非常严格。

不过，对下属的任何要求我都先以身作则。比如在上班第一天，我就把一百多位厨师的姓名一个一个喊了出来。这着实把大家吓了一跳，认为我是天才记忆家，其实我的记忆力也不是特别好，关键是对事物够不够用心，如果这件事很重要，就要努力去做。我没有高超的记忆，就是强记、硬记，把每一个人的名字喊出来，就是要表现我的期望与魄力。

另外，在厨房里，“喊单”（喊出客人点菜的内容）这件事尤其重要。客人点菜，厨房里瞬间涌入好几张点单，这时是要先走 A 道菜，再出 B 道菜，或是先处理 C 道菜，每次情况都不尽相同，关系着出菜流程顺畅与否。一个厨房就像一座工厂，烹调过程的每一个环节环环相扣，牵一发而动全身。而厨房作业和机器工厂大不相同的是，客人的需求以及每日食材千变万化，料理的烹调作业无法像工厂一样套上固定模式，必须视状况随机应变。

因此，喊单者必须掌控住内外场所有状况，让大家的作业衔接在一起，这样才能在最短时间内端出最美味的料理。厨房要等听到喊单，大家才会动起来，喊单的人被视为整个餐厅的灵魂人物。

在四家店的拓展过程中，如何让分店与本店异中求同，也让我费了许多心思。除了让工作流程和动线摆设尽可能与法国本店一致外，我还在厨房里建立了“法语运作系统”，训练厨师以法语沟通出菜的顺序。最主要是我希望双子星主厨无论到旗下任何一家分店视察时，都能迅速掌握餐厅的动线，而不会因为外文环境产生距离感，无法控制状况。尤其是不常出国的 Laurent，我希望他不论在哪一个城市都不会感到不自在。

无论何时何地，管理者的思绪都要保持清晰而且细腻，才能知道自己要什么、少什么。否则只要一个问题没处理好，发生连锁反应，接下来就难以收拾。尽管上海餐厅规模庞大，但一切都在我的掌握之中，餐厅很快就步上轨道，已经有三家分店经验的我，此时充满自信。

落跑新郎

谈到“杀手”在亚洲分店执行任务的过程，还有一段影响我后半场人生甚巨的戏剧化插曲。

我人生中有几个很重要的阶段：在台湾的成长过程，妈妈的爱心料理埋下我对料理热情的种子；之后我飞到法国向双子星主厨学艺，这段历练是我踏进料理殿堂的育成期中的关键部分。

后来，因为料理的缘分，我认识了另外一位事业上很密切的伙伴——现在担任 Restaurant ANDRE 副主厨的 Johnny（约翰尼）。除此之外，我还结识了人生中最重要的伴侣——我的太太 Pam（帕姆）。

那一年，我奉双子星主厨之命到泰国曼谷筹备分店。有一天，一位泰国美食界的友人来访，我们聊完正事，朋友突然问我：“André，你到底有没有女朋友啊？”

“没有。”我坦白地说。

“你条件这么好，怎么会没有女朋友呢？”朋友一副不可置信的表情。

“我是来工作的，不是来交女朋友的。”很多人都不相信，但这的确是事实。我不在意地耸耸肩，微笑着向她解释。

后来，这位热心的好友担心我人生地不熟，便经常抽空带我去曼谷品尝不同风味的美食。有次我们坐着吃东西，我随意翻看她带来的一本杂志，突然被里面的一张美丽照片深深吸引。

“她是泰国文艺圈著名的美女哦，很漂亮吧。André，你果然很有眼光。”朋友看到我被“钉住”的目光，满脸笑意地对我说，“顺便告诉你，她是我的好朋友！”我久久不能移开的目光，似乎泄露了我对这位美丽女士的好感。

其实从到法国学艺开始，我从来没有过交女朋友的念头，因为我把所有时间都投注在料理这件事上，哪有多余时间谈恋爱？但这一次，杂志上的这张照片仿佛一股电流刺激了我的感情禁区，这或许就是一见钟情吧，我心中有一股热切的情感，被悄悄地唤醒。

朋友说，她很乐意介绍我和照片上的美女认识。就这样，我认识了Pam。

Pam出身泰国的文艺家庭，她学过芭蕾，做过模特儿，也在知名杂志社担任过编辑，是一位很出色的才女。

我和 Pam 在相识的那一刻开始，就热烈地谈起了恋爱。三个月后，我们决定结婚，携手组织属于我们两人的“家”。朋友们总是好奇地问我：“André，你的动作怎么那么快？”我笑着告诉他们：“因为我是目标型的人。”只要确定所爱，就不会浪费时间。

说到 Pam 决定与我厮守终生，其实是一段很有趣的过程。那时候，我们俩正处在热恋状态，有天我收到一则短信，打开一看：“André，你会娶我吗？”

“OK 啊！”我未经思索，马上回传答案。因为工作忙碌，我们那时约会时间并不多，但我心里明白，Pam 是我决定相伴长久的人，我的确是以结婚为前提和她认真交往的。虽然不明白古灵精怪的她为什么突然发这则短信，是好玩，还是试探？但我心意笃定，于是也没多想就回应送出了我的答案。

第二天，Pam 跑来找我。

“André，我已经跟我爸讲咯！”

“讲什么？”

“结婚啊！”她睁着迷人的眼睛看着我，一副调皮模样。

“啊，那只是一则短信！”我想起昨天的短信，抗议这太轻率了，我以为她只是玩游戏，看来似乎中了她的“诡计”。

“哎，大丈夫一言既出，你可不能食言哦！”她指着我，笑眼中带有少见的严肃神情。

我定睛看了看她，正色道：“Pam，我对这段感情是认真的，我决不会食言！”

于是事情的发展就像坐协和式高速飞机，我很快去拜访了 Pam 的父亲，也定下结婚日期。

在忙碌与喜悦中，我的结婚大喜之日就要来临。但就在结婚前一个晚上，当我想着明天婚礼上的大小事时，我的“杀手专线”却突然响起，双子星主厨从法国来电：“André，上海有个 Project，我们希望你过去！”主厨直接告诉我下一个执行的任务。

“OK！什么时候？”我一如往昔没有任何犹豫。

“你下星期就去！”主厨说得很干脆。

“好，没问题！”我的“杀手”作风再次展现。

挂掉电话后，我才意识到事情有点棘手。明天我就要结婚了，主厨却要我下个星期飞往上海，也就是说我结婚不到五天就必须丢下新娘，离开泰国飞到上海开店，而且无法预知归期。这个变化，我自己都始料未及，当然 Pam 更是毫不知情。

对于我即将结婚为人夫这件事，我并没有告知双子星主厨。一方面是因为这件事来得太快，连我都被冲昏了头。第二个原因是我认为结婚是 Pam 和我两个人的事，最重要的意义在我们决定相互扶携一起生活的承诺，并不需要劳师动众、宴请宾客、昭告天下。举行那些轰轰烈烈的喜庆形式，不是我的风格。

对于像父亲般照顾我的双子星主厨，我的观念反而很传统，他们是我这辈子最重要的恩师，以前我从未向他们说过一句“No”，未来

也不会发生。因为“职业杀手”就是一个命令、一个行动，把任务完成，没有其他理由，更不会说“现在不太方便”这种借口，我自始至终目标明确，就是主厨一句话，我使命必达。他们对我也是一样，虽然我从来没有要求任何事，但我知道只要我开口，他们不会拒绝我。

眼前的困扰是身为新郎的我如果在结婚不到一星期就把新娘丢下，肯定会招来新娘一辈子的埋怨，而且这也是很不负责任的做法。这一夜，我辗转难眠，思考着该如何解决这个难题。我决定采取最简单的策略，如实向 Pam 坦陈“下星期我要飞到上海”的决定。我明白这个做法充满风险，很可能婚礼会就此取消，甚至我和 Pam 的感情也将无法再继续。

然而我们都是成熟的大人，要携手相伴终生，当然必须诚实面对难题与挑战。因此，我决定向她说出实情。Pam 的反应果然如预想中一样激烈：“难道开餐厅比我们两人结婚还重要吗？”她大声抗议，完全无法理解我的逻辑。

虽然如此，我仍然没有一丝丝改变决定的想法，因为我已做了最坏的打算。但我还是努力解释：“Pam，你必须了解，如果没有双子星，就没有今天站在你面前的 André，就没有我们的相识，就不会有这段感情。”我耐心地解释，正因为很认真看待这份感情，所以无法欺骗。这些都是事实，没有双子星主厨，就没有我今日的成就。他们对我百分之百地信任，因此我也不能对他们给予的机会说“No”，这是我的原则。

“不管这个婚结得成还是结不成，Pam，都由你决定，我不会有任何埋怨。”我花了很多时间向 Pam 解释，“但是，下星期我必须到上海是确定的。”我坦陈了这个艰难的决定。

我宁可让她事先知道，而不是先瞒着哄着，等两人结了婚“生米煮成熟饭”后，再让她发觉我对工作的执着和坚持，让她产生“现在结婚了，所以我已经没有其他选择”的怨叹。我宁可让她生气，也不愿意她后悔。

Pam 最终还是体谅了我的选择，我们顺利结了婚，她甚至为我放弃工作，陪我到上海奋斗。我的个性执着，工作时间又长，老实说，她和我结婚，需要很大勇气，所有点滴都在我心头，只有满满的感激。

莫忘

初心

/ 对于主厨委派我的任务，我永远不会多问“为什么”，更不会找理由推托：“唉，有困难，做不到。”我，永远都是完成任务的那个人。

/ 就好像千里马遇到伯乐，我不知道自己的极限在哪里，但背后总有一股驱动力，不断推动我往前迈进，鞭策我突破极限。

/ 我珍惜每一个表现的机会，全心全意投注心血。当我全神贯注、不苟言笑时，这种严肃的神情常让人觉得难以亲近。但我一点也不在意这个“杀手”的形象，重要的是，收到指令，完成任务，有如杀手般的快、狠、准。我，就是这样的人。

/ 当我认同一件事、喜欢一件事时，就会很专注地全力以赴。

Chapter——6

无与伦比的探险。

挥别感官花园

感官花园上海分店的营运非常成功，2006 年，我因此被知名杂志 *Discovery* 评选为“亚洲十大最佳青年主厨”，同时被顶级餐厅指南评选跻身“全球最佳一百五十位名厨”之列。然而人生没有不散的宴席，收到这两项珍贵的奖章后，我做了一个比结婚更重大的决定。

此时，东京、曼谷、新加坡、上海等所有海外据点全都步入正轨，成为当时最炙手可热的餐厅。这是我被授权独当一面之后，首度获得世界级权威餐饮评鉴的肯定。坦白说，我对这项殊荣其实没有太强烈的感受，因为扛着“感官花园”的旗号作战，把每一项“任务”做到最好，本来就是我分内的事。

只是这三四年来，我马不停蹄地在欧洲及亚洲拓展分店，几乎全年无休地奔波忙碌，待在不同国度的厨房，除了工作，还是工作，厮杀打拼一年又一年，我成功扮演着“杀手”的角色，却没有给自己沉淀的时间。

每当我站在每一阶段的高峰，享受着众人鼓励的掌声时，我总会提醒自己“莫忘初衷”，期许自己在追逐梦想的每一分钟，不忘回到最初的原点，找回那份对料理的执着与感动。

一过完三十岁生日，我就向待我如子的双子星主厨兄弟提交了辞呈。“只要你们需要我，给我一通电话，我立刻回来！”我对 Jacques 和 Laurent 说，“这不是分离，是要让所有人知道你们传授给我的料理精髓即将开枝散叶。”

递辞呈之前，我的确经过一番天人交战。但最后思虑理清，我知道我的离开并不是因为我在感官花园已经学够了，正是因为不够，所以我要尝试其他的可能。我和 Jacques、Laurent 的感情深厚，不是三言两语可以表达的。他们栽培我、肯定我、信任我，让我充满信心，将才能充分发挥出来。我与他们的关系早就超越师徒，更像是父子。

我们已经认识十几年，熟到我有种错觉，几乎要以为自己从小是他们带大的。这一路走来，我长成男子汉的血泪，他们比谁都清楚明白。但很重视礼节的我，还是公私分明，从未和他们聊过心底的感受。直到现在，我们见面一起吃饭，我还是会恭恭谨谨地称呼他们“Chef”，而不会直呼其名，对我来说，这就是礼数，是规矩。但这一次，我将心底的想法和盘托出。

“料理，是我一辈子的功课。我不能只待在一个地方停滞不前，这个

地方不可能代表法国料理的全貌。我希望可以到法国中部、北部，甚至到世界各地闯闯，感受不同的人文和品位，摸索法国料理的各种可能。唯有如此，我才能真正了解法国料理到底是什么。”我一股脑儿地把心里的话全说出来。然而藏在我心底没说出口的是，在我离开总店到外面开店的第二年，餐厅被降了一颗星，我对此一直耿耿于怀。

我知道这对 Pourcel 兄弟来说可能是不小的打击，我是他们身边最强而有力的助手，也是帮他们打下世界版图的伙伴，如今却要在此时离开。这其中的不舍和遗憾，我想全世界除了我们三人之外，没有人可以了解。然而他们兄弟俩很清楚我的个性和能力，我也知道该是我让他们感到骄傲的时候了——It’s my time to make you proud！我在心底默默对 Pourcel 兄弟承诺："被降级的米其林星星和属于我们的荣耀，我将会全部把它们讨回来！"

"André，你的离开会让我们很惋惜。但是，去做你该做的事吧！" Jacques 和 Laurent 温柔地回应我。他们的体谅，成为我继续努力的动力。

挥别双子星兄弟，我准备前往里昂。临行前，他们神秘兮兮地把一封信交给我："不要打开，将它亲手交给 Michel（米歇尔）。"我不知道信的内容，但我也不好奇。

里昂位于法国东部，是仅次于巴黎的第二大城市。城南有罗讷河和索恩河交汇，因此这个地方的饮食文化，受到南部普罗旺斯及地中海沿岸与北方阿尔萨斯－洛林的影响，南方的新鲜蔬菜和橄榄油，与北方惯用的牛油、奶油和谐交融于里昂的料理之中。如果说南法的经典是感官花园，那么里昂的经典必然是 Paul Bocuse 和位于罗阿讷（Roanne）的 Maison Troisgros。而执掌 Maison Troisgros 的大厨，就是双子星兄弟口中的 Michel。我早已久闻他的大名，不如趁此机会，品尝一下传说中米歇尔·特鲁瓦格罗（Michel Troisgros）的好手艺。

走进 Maison Troisgros 的大门，同时也走进了四十年不间断的米其林三星的历史。一见到传说中的 Michel，我马上把双子星兄弟的信转交给他。没想到 Michel 当着我这个"邮差"的面看完这封信后，用一种惊讶和怀疑的眼神望着我。“Jacques 和 Laurent 还好吗？你似乎很不简单，明天开始来上班吧！”“上班？”就这样，从第二天起，我几乎寸步不离地跟在 Michel 的身边，每一天、每一刻都全力学习吸收他无私传授的经验和料理哲学。

我在这里工作了一两年，直到有一天 Chef Jacques 和 Laurent 打电话给我：“André，我们有个 Project 需要你帮忙！”一如往昔，我简洁地说声“好”！毫不啰唆，隔天我就向 Michel 提交了辞呈。他惊讶地问我：“做得好好的，为什么要辞职呢？”我慎重地回应：“因为待我恩重如山的人需要我帮忙！”

忙完双子星的案子后，我陆续又为巴黎几个知名的米其林三星主厨工作，包括 Pierre Gagnaire（皮埃尔·加涅尔）、Pascal Barbot（帕斯卡尔·巴尔博）和 Joël Robuchon 等人。即使如此，我和双子星依然保持着紧密的联系，只要 Jacques 和 Laurent 需要我，我随传随到，直到现在都是如此。我总觉得，虽然我已经不为他们工作了，但我们仍然以这种特别的方式，照顾着彼此。

塞舌尔洗礼

2006年，我毅然决定带着亲爱的妻子，以及最信任的三个伙伴Elmen（常兴涛）、Johnny（姜曙宇）、Philip（吴达敏），踏上前途未知的塞舌尔群岛，开始探险之旅。这里，也是我真正开始转换跑道，确立André料理风格的起点。

离开法国后，一直以来都有不少的邀约，但我始终希望能给自己多一点时间沉淀，与伙伴重新发掘“André”和“料理”的真义。我想找出料理的内在精神，而非哗众取宠，跟着市场随波逐流。我想每个人在成长的人生当中，都曾有过几次“沉淀”的机会，静下心来重新认识自己，解读生命的意义，而这个过程短则几天，长则几年。

在我踏入料理界的这十几年里，我习惯对所有事情in control（掌控），而我确实也能一手掌握外在环境所赋予我的种种要求。我历经磨炼，学得一身备受肯定的厨艺，然而此时此刻，我似乎应该静下心来，把过去十几年累积的经验好好复习一番，重新思考料理的初心。

就好像中国武侠小说里说的闭关潜修，要隔绝外部的杂音，我才有机会聆听内心深处的声音，来体会料理的意义。不想迷失于名利，也不想变成一个只着眼于花哨技巧又墨守成规的厨师，我不让自己分心，我安静地思考：我为什么喜欢做菜？食物对我来说最重要的意义又是什么呢？

最后我做了一个重要的决定，我要到一个连飞机都不知道如何降落、连 google 地图都要放大再放大才找得到的地方。这里资源匮乏，几乎什么都没有，但正因如此，我才能真正地重新思考料理之于我的意义。

坐落在东非印度洋上的塞舌尔群岛，完整名称叫塞舌尔共和国。曾经被葡萄牙、法国、英国统治的塞舌尔，后来独立并成为英国联邦一员。因此在这里，除了当地人习惯使用的母语克里奥尔语之外，英语和法语都是通用语言。

塞舌尔群岛的工业和农业并不发达，却拥有得天独厚的海洋资源。岛屿风景秀丽天成，全境一半以上都是自然保护区，有“旅游者天堂”的美誉，位于此地的 La digue 海滩甚至曾被评选为“世界最美的海滩”。

而塞舌尔群岛中最主要的政治与观光代表岛屿，就在首都维多利亚所在、面积最大的马埃岛（Mahe Island）。马埃岛上的拉塞尔自然保护区占地六十五公顷，拥有种类齐全的热带水果树木和成群的象龟奇景。但最让旅客着迷的是岛上特有的沙滩，金黄色泽的沙子质地细腻到可赤脚行走，柔软如粉尘，温暖如朝阳。

而我所要工作的Maia Luxury Resort & Spa度假饭店，就位于马埃岛上一处僻静绝美的私人海滩。嵌入山腰之间的三十幢皇家Villa（别墅）巧妙融入岛上的自然风景之中，大海、蓝天、翠绿山林与壮丽的建筑连成一气，美得让人窒息。

当时，受到世界旅馆业瞩目的Maia Luxury Resort & Spa正在兴建，万事待兴，资源取得并不便利。许多人无法理解我为何主动去争取这个工作机会，认为我其实有更好的选择，但我觉得信息过度发达的文明之地，容易使人产生依赖，难有突破性的发展，料理的创意也因此产生局限。

这果然是一段不凡的经历！能飞到塞舌尔群岛，住在Maia Luxury Resort & Spa度假的人非富即贵，因为地理位置偏远不便，只有私人直升机或游艇才能抵达。比如沙特阿拉伯、英国的皇室贵族，就把这里当作度假首选的休闲行馆。特别的是，这些贵族成员很少为外人知晓，他们是世界权贵金字塔顶端最神秘又高贵的一批隐形贵族。曾有一位阿拉伯的公主到马埃岛一游，游艇规模竟庞大到可以摆放两台粉红直升机，豪奢程度不可思议。也因为如此，岛上根本不会有什么狗仔跟拍的问题，因为狗仔队恐怕没这么大的财力。

面对这些品尝过绝世珍馐，甚至把鹅肝、松露、鱼子酱当作家常小菜的非凡贵客，我要如何才能为他们带来舌尖上的惊喜？餐厅还没开张，但我早已迫不及待，希望那一刻赶快来临。回想起我在法国跟双子星主厨一起工作的经历，他们惯常采用平易近人的食材，甚至就近取材，然后透过创意和技艺，做出特别的料理。我将这个概念和经验运用到 Maia 的菜单上，再加以发挥，就是让他们品尝再平凡不过的东西！我反其道而行，大胆提出全新的菜单策略。

实际上，“客制化”原本就是我在 Maia 时的构想。酒店建造之初，所有建设的预算都无上限，这引发了我深入的思考：硬件建设无上限，那么料理与服务的极致又是什么呢？当酒店盖到无上限的奢华水平，身为总监的我，该如何提供“无上限”的餐饮服务，才能与饭店的硬件达到相同等级的水平？于是我决定采行完全客制化的服务，让每一个人的每一餐都绝无仅有，量身定做。

于是我养成一个习惯，为每一个客人的品位预先做功课。在客人莅临之前，先联系他们的私人厨师，了解每个人的饮食喜好、口味和习惯，再据此设计餐食，提供完全客制化的服务。

每一位光临的客人，不是皇室贵族，就是顶级富豪，他们都有各自的饮食癖好：有人不吃辛辣；有人吃牛肉只要一分熟；有人要求在固定时间准时开饭，一分钟都不能延误……除了料理本身，我开始关注到品尝料理的人，与此有关的种种细节，一概要用心体察。

以前在餐厅工作的情况是，客人点了菜单上的什么菜，厨房就准备什么菜，虽然东西好吃，服务讲究，但这并不是完全客制化的水平。在 Maia 工作的经历，让我细致而深入地体会了何谓“客制化”，那就是要针对每一位客人的需求来调整料理的细节。

如何把这个观念落实在餐点之中？我必须抛掉旧有的思维。好比做一道扬州炒饭，传统厨师可能打开食谱，了解炒饭里有什么必备的食材，但我的方式不同，我是去发掘眼前的这个客人会认为扬州炒饭里一定要有什么才好吃，就算是鸡腿、鱼或其他跟扬州炒饭八竿子打不着的东西，我也应该把客人的“喜好”当作料理的标准，而非照本宣科沿着传统老路走。

在塞舌尔群岛工作的这段时间，我也首度收到属于我自己的荣耀。英国《时代》杂志两度将我的料理评选为“印度洋最伟大的料理”，我因而受封“印度洋上最伟大的厨师”称号。

不要忘记以前所学，而应进一步以过往所学为基础，透过观念的扭转，发展出属于自己风格的料理，这是我在塞舌尔群岛这段时光的最大收获。

筑巢

我一口流利的法语，让人感觉好像在法国待过很久；英语也很流利，交谈起来完全没问题；中文当然张口就说，另外日语、广东话也通。谈话方式和思想模式很西式，黄皮肤的脸孔下却有着逼近一米九身高的体格，种种矛盾条件，让外国朋友对我充满疑问："André 到底来自哪里？"

遇到这种状况，我总是很明确地回答："我来自中国台湾！""那台湾有什么呢？"对于这个陌生的名字，他们总是进一步再问。遇到这个问题，我往往语塞。巴黎有让法国人自豪的埃菲尔铁塔和精致料理，伦敦有大本钟和炸鱼、薯条，日本有温泉和寿司，泰国有寺庙和酸辣汤，韩国有泡菜和骑马舞，香港有港式饮茶和李小龙……那台湾呢？台湾到底有什么一说出口大家就心领神会的代表物呢？

该怎么清楚地介绍台湾，点出我们的精神？这点经常让我想破脑袋还找不到最合适的答案。于是脑海中浮现一个想法：希望有一天，我可以借由自己的力量，让更多外国人因为我而认识台湾，让更多亚洲年轻人对 Being a Chef（当厨师）这件事，有不同以往的看法。

莱佛士国际酒店的邀请，落实了我的这个想法，也启动了我人生的创业新举。

年纪渐长，经过塞舌尔群岛那段磨炼的时光，我迈入重新思考人生的另一个重要阶段。也就是那时候，心中有个声音告诉我："是时候回亚洲了，也该让陪我征战列国的兄弟们安定下来了！"

我不是冲动派，并没有马上行动。理智的缰绳拉住我，让我冷静思考，我离开亚洲已经有很长一段时间了，亚洲餐饮市场现在究竟发展到什么水平，其实，那时我没有十足的把握。而且，更重要的是，他们能接受我的料理吗？或者说，亚洲的哪一个地方能接受我的东西呢？

2007 年，就在情感与理智拉锯的时候，我接到莱佛士酒店集团高层主管的电话，希望我能去新加坡饭店表演。"André，我们每年都会邀请最知名的米其林主厨或欧洲最具代表性的厨师，而你的料理真的非常 unique（独特），充满个性与艺术家气息。如果你有机会回到亚洲，还请考虑与我们合作。"

莱佛士国际酒店集团在国际旅馆业颇负盛名，而莱佛士主管的一句话，像一颗小种子，在我三十岁、再度面临人生弹跳点的春天时节，悄悄萌发新芽，我开始认真思考在新加坡落脚的可能性。事实上，我和新加坡莱佛士酒店的合作从 2003 年就开始了，那时我才二十六岁，双方合作愉快，之后连续四年，我们总共合作了六次。

新加坡这个“城市国家”的面积虽然很小，但成长气势很高昂。位于欧亚中枢点的新加坡，善用地理优势与制度策略，创造亚洲国际金融中枢地位，活络的经济成长备受国际关注。尤其在 2006 年，新加坡政府的政策大转弯，准许设立赌场，此举快速带动新加坡观光产业成长，成功吸引四面八方的国际观光客前来旅游朝圣。因此，我内心盘算，如果要从一个小地方重新起程，新加坡说不定是个合适的起点。

2008 年，莱佛士国际酒店集团再次对我提出邀约，到新加坡地标瑞士史丹佛饭店的七十二楼（顶楼）开设餐厅。

决定答应莱佛士的邀约、在新加坡“筑巢”的，还有与我一路走来的三个重要伙伴 Elmen、Johnny 和 Philip。他们分别来自厦门、上海和安徽，打从在感官花园上海分店应征相识，我一眼就看出他们具备“万中选一”的厨师天赋。但比天赋更可贵的是他们吃苦耐劳的个性。我每次看到他们，就像看到二十岁时的自己，那种为达使命不惜一切的样子，让虚长他们七八岁的我，自然而然把他们当成自己弟弟在照顾。不论是出国表演，还是我飞到塞舌尔群岛工作，他们三个小兄弟都一直跟着我不离不弃。这段时间，我们早已培养出血浓于水的革命情感。“有一天他们也要成家立业，如果一直跑来跑去，恐怕很难遇到合适的对象。”已经结婚的我心里这么盘算着。

是时候了！我的团队彼此依赖，而且还有共识和默契，如果有合适的地方，我们也该“落地生根”了。为了这三位一起打拼的兄弟以及他们的“未来大事”，这股想让大家都安定下来的动力，加上莱佛士招手的机缘，天时地利之下，我终于回到阔别已久的亚洲市场。

七十二层楼高的决心

2008 年 7 月，我在新加坡莱佛士酒店七十二楼开了真正属于我的第一家餐厅——JAAN par André。

从 2006 年卸下莱佛士酒店客座主厨的身份后，酒店集团的主管对我提出了邀请："我们一直都有米其林主厨，也有很多和欧洲主厨合作的机会，但我们从来没有看过像你这样独树一帜的料理！如果能有机会，我们很希望能发展出更进一步的合作关系。"经过四五年的合作，我和莱佛士酒店培养出了一定的默契，我们敲定了全新的合作计划，我即将在史丹佛酒店顶楼，开设一间四十五个座位左右的小型餐厅。

这家位于七十二楼的餐厅，可以直接俯瞰新加坡的迷人海景，除了曾是东南亚最高的饭店，这里也是新加坡位置最棒的景观餐厅。但奇怪的是，拥有如此优秀的地理条件，餐厅开张七年，却始终没办法达到预期的成果。

莱佛士主管很坦诚地告诉我餐厅的窘境，但我信心十足地回答："放心，我一定可以把这家餐厅做起来！"空口无凭，答应他们的邀约之前，我其实花了许多心思去了解这家餐厅，认真探究了做不起来的原因后，我发现餐厅经营失败的症结一是 hotel management（饭店管理），二是 marketing（市场）。这两个至关重要的问题，让餐厅良好的条件和资源成为枉然。

于是我大胆提出要求："首先，由我接管后，我希望它能独立经营，而非附属于饭店；第二，经营管理全权由我做主；第三，我要为餐厅换个新的名字。"莱佛士展现诚意，完全接纳我的条件。但相应地，新餐厅未来成败荣辱的责任，将全部落在我身上。

餐厅原名叫"JAAN"，这名称使用了七年之久，加上饭店醒目的地标位置，其实已经深植当地人心。随便在街上抓个人问，对方都会回答："哦，就是那个顶楼餐厅嘛！它生意不好，根本没人要去吃！"

为了扭转这间餐厅的形象，革新行动如火如荼地展开。首先，我把装潢全部换新。第二步，撤换人事，替换上我自己的班底。最后，我为餐厅换上一个崭新的名字——JAAN par André。

为了这个名字，我苦思许久。新加坡当地人或是来到新加坡观光的人几乎都知道这间餐厅，但问题是印象不好。如何改变大家的既定印象呢？餐厅的名字，肯定是攸关经营成败的第一要件。

我保留原来餐厅名字里的“JAAN”，是希望大家看到或听到这个名字，无须思考就可以直接联想到原来的餐厅。但其后加上“par André”则要表达：现在餐厅换成André经营了。餐厅名称的变动容易引起人们的好奇：咦，换了名字吗？也换人经营了吗？这个André又是谁啊？通过这个策略，既保留餐厅原本的盛名，同时又转换餐厅的形象。JAAN par André也是史丹佛酒店成立以来，首家以厨师命名的餐厅。

更改餐厅的名字很容易，最大的挑战是管理。我到史丹佛接管餐厅时，许多人并不清楚André是谁，又是从哪里突然空降的？然而老饭店的管理问题相当棘手，我执意大刀阔斧进行改革。什么是对的，什么是错的，什么东西保留，什么东西要改，我心中有一把尺子，有一张清晰的蓝图，旁人很难插手。

关于开店的种种，最初我只和少部分的集团高层接洽，饭店里大部分的主管并不了解我们合作的完整细节。因此在接管餐厅初期，我几乎无法获得任何饭店的协助。大部分的人对我不熟悉，只是冷眼旁观：看你这小子可以玩出什么花样！

一些不明就里的饭店主管，对我十分不以为然：你这小子才刚来，就东要求西要求，明显侵犯到我们的界线了！一直以来习惯的旧体制有所变动，很快就传出反对的声音，甚至有反对的举动。但习惯正面挑战的我，丝毫不担心破坏人际关系，也不在乎有人扯我后腿，全心全意只有一个想法：一定要把店做起来！

2008年“JAAN par André”顺利开幕，在我雷厉风行的管理之下，餐厅有了令人耳目一新的气象，很快就步入轨道，成为必须提前几个月预订的“排队餐厅”。过了短短一年半，JAAN par André在“圣培露（S. Pellegrino）全球最佳餐厅”的评鉴得到排名第三十九的殊荣。我们用最短的时间证明了我们的实力，这家餐厅不仅可以做得起来，而且能做到让全世界刮目相看。

邂逅 Restaurant ANDRE

全力冲刺，抵达高峰，之后的下一步，我总会让自己归零。因为只有回到原点，才能重拾初衷。

2010 年，在圣培露的颁奖典礼上，JAAN par André 名列全球最佳餐厅第三十九名,我和 NOMA 的 René Redzepi 获得“最年轻主厨”的桂冠。在伦敦接过这个奖的那一刻，我告诉自己：“是离开 JAAN par André 的时候了！”

带着一群怀抱同样梦想的兄弟，当年在塞舌尔群岛的初衷依然热切，但经过认真思考，我知道可能从明天开始，世界各地的厨师、饕客和美食狂热者将迫不及待地涌入我的餐厅，但我真的能表现出完完全全的 André，给他们一个永生难忘的用餐经历吗？我需要一个梦想中的餐厅，让我毫无顾忌地尽情挥洒，也许是一个只能容纳三十人的小地方、一扇蓝色的门和一株南法的橄榄树……

而命运也许就是会带着人们向着充满美好风景的方向走。那一天，

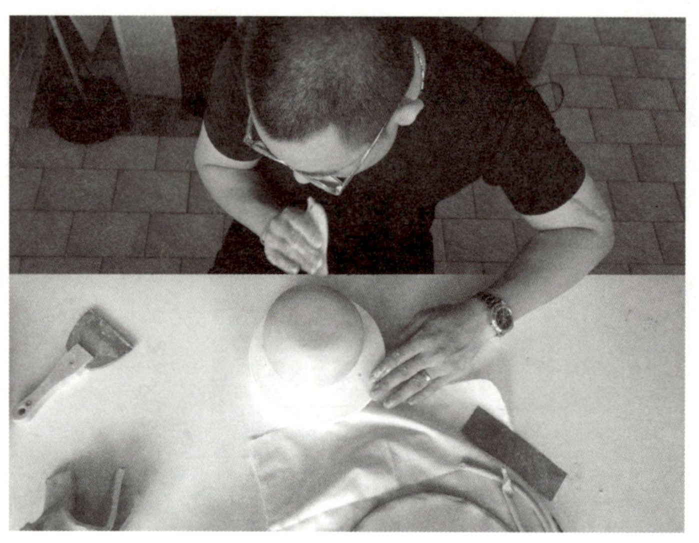

我到新加坡中国城和朋友共进午餐，午餐过后，走着走着，目光突然被一栋粉红色的三层小洋房所吸引。这栋长砖造型的洋房，门前有个小庭院，沉静却醒目地立在巷道的一角，让我第一眼就对它深深着迷。当时我心想，能在这里开家餐厅，该是多么棒的一件事啊！

幸运之神对我大概特别眷顾吧！随后不久，我和朋友聊到开餐厅的想法，猛然想起中国城附近的那栋小洋房，完全就是我理想中餐厅的样子。朋友露出不可置信的神情，问："你说的那栋洋房，旁边是大华饭店吗？"

"对啊，你知道那个地方？"换我惊讶了。

"我不仅知道那栋洋房，洋房主人还跟我很熟呢！"朋友既得意，又带着一丝狡猾。

"能不能介绍给我认识？"我迫不及待地问。

"喏，他儿子就在你眼前！"朋友笑了笑，用手指了指自己的鼻子！

天底下竟然有这么幸运的际遇！我高兴得合不拢嘴，这实在是个好兆头啊！

2010 年 10 月 10 日，"Restaurant ANDRE"开张了，餐厅里只有三十个位置，这是我开过的最迷你的餐厅，却是距离我的梦想最近的一次。

以前在上海，我开过一百三十多个座位的顶级餐厅，每晚要准备两百五十人份的料理，旗下厨师超过六十位，俨然是个餐饮小王国。客制化服务一样做得很好的 JAAN par André 里有四十五个位置，以及十二名厨师。如今，餐厅规模却只有三十个位置，而且仅仅只有五名使命必达的厨师。许多人好奇地问："人家餐厅都是越开越大间，为什么你的餐厅会越开越小间呢？"

从受雇经营餐厅，到现在自己开业，一路走来我都在努力探索食物的无限可能。虽然我待的餐厅越来越小，但我关照的层面却越来越广。做菜，你可以只把眼前的这道菜做好，但与这道菜有关的还有什么

呢？餐厅的气氛、音乐、香气，甚至是盛装的器皿，还有与客人沟通的口吻、打招呼的方式，这些都会影响这顿餐点的质量。

我始终觉得，料理是一件很私密的事。一个人做菜给另一个人吃，就好比厨师与食材的接触一样，是非常亲密的一种了解与信任。在这种认知之下，我对 Restaurant ANDRE 的经营有了更深入而细致的想法。唯有每个小细节都面面俱到，才是我心目中的理想餐厅。而现在餐厅的位置数量不多不少，刚好够我全力去照顾每一位客人的每一顿餐点。我希望所有的客人来到这里，都能发现我们在每一个细节的用心，他们将拥有一段难忘的用餐时光。

除了展现这几十年心血的料理体验，我还着手接触陶瓷，就像小时候玩泥巴一样，我不借助任何工具，单单用手捏出理想的造型，再送去窑烧。在我心中，成品的好看与否并不重要，就像上帝创造大自然，没有所谓的好与坏，重点在我是否能通过手上的泥料传递大自然的信息。

为什么我对碗盘杯皿这么重视呢？对我来说，陶艺和料理其实蕴藏着相同的“与自然对话”的哲学。唯有用心去感受泥料或食材本身的纹理与质感，才能通过自己的技艺，给予它们最合适的面貌。将一块软泥捏制成最适合它特性的杯皿，将一种蔬菜烹调出它与生俱来的滋味，这就是一种顺应自然的哲学。

Restaurant ANDRE 除了是我展现料理哲学的舞台外，同时也蕴藏

了我对南法学料理那段时光的浓浓感恩。我在餐厅前面一小方空地上，特别栽种了一棵从南法运回的橄榄树。

住在南法的日子，我对随处可见的橄榄树有着特别的感情。那时候，每天起床睁开眼，或是打开门走在路上，所看到的都是橄榄树绿荫满布的景况。如今回到亚洲，来到新加坡，却恍然有种来到陌生之地的感觉。所以在餐厅开幕时，我特地在餐厅前面种了一棵优雅古朴的橄榄树，它就像我在新加坡的法国家人，给我一种特别亲切的依赖感。除此之外，更是提醒我不要忘记南法的那段经历，不要忘记学习料理的初心。

这株从法国来的橄榄树，努力适应新加坡的阳光、空气和土壤，正如只身来到这片土地打拼的我，努力适应这里的人、事、物。我仿佛多了一个共患难的朋友，提醒我不是自己一个人单打独斗，只要每分每秒奋斗不懈，一定可以在这片异地生根、茁壮成长！

开幕后一年，Restaurant ANDRE 被《纽约时报》评为“最值得搭飞机来品尝的十大餐厅”之一。我个人因此有幸被新加坡政府宣传是“到新加坡的四十四个理由”之一。三年后，2013 年的初春时分，Restaurant ANDRE 获选为“世界五十大餐厅”和“新加坡最佳餐厅”。我除了感谢，只有感谢。这些奖项属于跟我一起努力的每一个工作伙伴，也属于每一个曾来这里用餐的人，更属于那份陪着我一路勇往直前的热情与初心。

一路相伴的“贵人”

回想这一路走来，我有三个重要的“八年”——法国习艺、回到亚洲、定居新加坡，很幸运其中又有不同的伙伴相随——两位恩师、挚爱的妻子和一群一起打拼的好兄弟。

这三个八年，这些陪在我身边的人，都对我的人生影响甚巨。如果当时没有妈妈带给我美味启蒙，没有在这三个阶段遇到这些伙伴，我恐怕难以长成今天的我。我朝着目标奋力冲刺，这些贵人始终站在我身后，毫无保留地支持我，成为我最坚强的后盾，让我没有后顾之忧，奋力往前。一个人的力量太有限了，没有办法完全实现理想。而这些人仿佛是我梦想的翅膀，带领我无所畏惧地飞向成功的彼岸。这也印证了一句话：当你一个人做梦时，那就只会是一个梦；但是当大家一起做梦，梦想就会成真。

除了双子星恩师和我的三个得力助手，这个世界上，最包容我的“任性”的，就是我的妻子 Pam。Pam 是个很有个性的女孩，既直率又能干，全心全意地体谅我对料理事业的执着，从来没有一句怨言。

平时我全心工作，每天都忙得不可开交，下班后回到家，因为Pam打理得很好，我获得全然的放松。与工作时的严肃态度完全相反，下班后的我吃得很随便，玩得很随兴，如果有朋友提议今晚出去玩，我一概OK，既然休假，就是要轻轻松松。但是Pam可不会让我这么随兴散漫地生活，她从不让我随便乱吃，时间到了叮嘱我睡觉，不准我没日没夜地工作。有时候我的灵感一来，又开始在笔记本上写个不停，记录各式各样的点子，Pam就会把我从那个忙碌的旋涡中拉出来。“要适当休息，才能走更远的路。”她一直都用她的方式在照顾我的生活。

因为我一个星期只有一个休假日，这个休假日我通常会窝在家里，中午，我们会选在外面的餐馆吃饭，晚餐则由 Pam 负责。就和小时候跟妈妈一起上馆子的记忆一样，我们喜欢到习惯的餐厅，点类似的菜，这是因为有几次想到不一样的餐厅换换口味，却踩到地雷，破坏了难得的假日好心情。到信任的餐厅，和心爱的人吃习惯的菜，对我来说，就是每个休假日最幸福的一件事。这个休假日，同时也是我的“充电日”。过了这一天，接下来又要马不停蹄地忙碌，为免灵感耗竭、动力匮乏，我在这一天会看书、画画，或是和 Pam 一起打电动、看电视、听音乐，让脑子放空，让身体放松。

我很感谢 Pam 体谅我平日的忙碌，让我可以全心打拼事业，更感谢她长久照顾我的生活，让我的人生美丽而完整。

登峰造极

2011 年，备受世界级厨师关注的西班牙美食高峰会（Madrid Fusion Gastronomic Event），邀请我与会演讲。

每年大约有数万人莅临的西班牙美食高峰会，之所以在料理界备受瞩目，关键是因为这场高峰会特别规划了只有顶级厨师和厨艺界人士参与，是世界料理厨艺前沿信息的交流平台。一年一度的盛会聚集了全世界大约四五千位顶尖厨师，大家互相交流意见，把餐饮提升到最高的层次。

参与这个全世界最盛大的厨艺高峰会，不仅是专业厨师的荣誉，更是对专业厨师的挑战。因为能受邀到这个交流平台表演或演讲的，都是年度餐饮界的风云人物，或是即将发光发亮的明日之星。大家在这个舞台发表和食物相关的新概念、新科技和新趋势，若没有两把刷子，难以给人留下深刻的印象。

活动前三个月，我一收到邀请函，便决定和 Johnny 外加一名助手

共三人一起前往。我毫不紧张，甚至备感兴奋，因为能够受邀演讲，对我来说是一种可贵的肯定，我终于可以在料理的历史上写上一页。

距离高峰会的日子越来越近，但我并没有特别准备我的讲稿，我只想和大家分享我的料理哲学：料理对我来说是什么？我每天透过食物想传达给客人什么？我决定就这样站上舞台，向大家介绍我自己、介绍我的料理和这些年来我所发掘的食物的意义。

那一天，当与会者介绍完最炫的料理技术和最新的食材后，我从容不迫地上台，就是这一刻，我要和大家分享我这些年来的体悟，并

鼓舞众人一起回归料理让我们感动的原点。

“我想跟大家谈点不一样的，关于料理最原始的感动。比如一盘意大利面吧，看似简单的白面条，好像没什么特别的，你吃这盘面，应该没什么感觉。但如果告诉你，这意大利面是八十几岁的意大利老妈妈，在厨房里用她的手使劲擀出来的，老妈妈每天不做其他事，就是擀这个面，已经五十年了都不间断。”我停顿几秒后接着说，“你再吃这面，会有什么感觉？”我看了看台下反应，“是感动吧！那种感动的感觉，脑海里浮现的画面，会不会改变我们对白面的印象？会的，这个信息将改变人们对食物的味觉。”

许多厨师总是一味地想提升食物的味道，加强食物的味道，让味道刺激味蕾，让人们记得这道菜。然而在这样的过程中，他们却忽略了一件很重要的事，其实“情感”本身就是每个厨师最不可或缺也是最好的调味料，人们会因为某个味道触发内心的感动，也会被这道菜背后蕴藏的故事所打动。因此，最难忘的用餐经历，往往不是因为这道菜有花哨的技术，反而是料理内在的故事才能深深打动人。我想厨师的终极目标，就是要用料理来说故事，让品尝这道料理的人有所感动，Enhance food、enhance experience（提升食物、提升体验）！

这段开场白聚集了所有人的目光，台下几千名观众寂静无声，所有人的注意力汇集成聚光灯，在我的身上聚焦，接着，我向大家介绍我的“八角哲学”。我将我做的八道菜一一摆在一面大镜子上头，在同一个平面上，大家发现每一道菜，甚至是每道菜里的每一项食材之间不再是八个单独的个体，它们各自是彼此重要的陪衬，既能互相呼应，也能彼此对话。乍看之下八道截然不同的菜，其实存在着紧密的联系，形成一套完整的八角哲学。

当大家的目光停驻在此时，我慢慢开口：“不像一般餐厅有前菜、主菜，对我来说，料理本来就不应该有主、副之分，它们彼此都一样重要，缺一不可。就好像一部电影，你不可能割舍哪一段剧情，因为少了哪一部分都不完整。这八道菜也是，没有哪一道菜能够被舍弃，每道菜都扮演着不可或缺的角色，它们同时具备独一无二的特色，

又能烘托别道菜的不凡之处。”

八角哲学的首度曝光，引起台下一阵骚动，现场三四千名大厨个个睁大眼睛看着我。突然，台下爆发出一阵热烈的掌声，许多人奔向台前要和我握手、合照留影，现场热闹到差点失控，下一场节目因此还延后举行。看着坐在第一排的名厨 Thomas Keller（托马斯·凯勒）、Ferran Adria（费朗·阿德里亚）、Grant Achatz（格兰特·阿卡兹）……这些 VIP 用力地鼓掌，那一刻，我知道自己真的做到了。

我是第一个上台不靠技巧，也不表演的厨师，当大家忙着介绍最新的食材和最炫的技巧时，我讲的却是人们经常忽略，但我觉得最重要的东西——料理并非只与理性的技术层面有关，而是可以诉诸感性，与客人对话的。当每一道菜都不只是独立的个体，它们彼此互相呼应、互相对话时，也就能传递背后更完整的厨师的想法。因此，厨师绝对不只是在厨房做菜而已，而是要当一个善用料理说故事的人，才能做出让人感动的料理！

莫忘初心

/ 不想迷失于名利，也不想变成一个只着眼于花哨技巧又墨守成规的厨师，我不让自己分心，就是安静地思考：我为什么喜欢做菜？食物对我来说最重要的意义又是什么呢？

/ 不要忘记以前所学，而是进一步以过往所学为基础，透过观念的扭转，发展出属于自己风格的料理。

/ 唯有用心去感受泥料或食材本身的纹理与质感，才能透过自己的技艺，给予它们最合适的面貌。将一块软泥捏制成最适合它特性的杯皿，将一种蔬菜烹调出它与生俱来的滋味，这就是一种顺应自然的哲学。

/ 其实“情感”本身就是每个厨师最不可或缺也是最好的调味料，人们会因为某个味道触发内心的感动，也会被这道菜背后蕴藏的故事所打动。

/ 我想厨师的终极目标，就是要用料理来说故事，让品尝这道料理的人有所感动，Enhance food、enhance experience（提升食物、提升体验）！

Chapter——7

餐桌上的
哲学家。

"all the produce from the sea, natural "sea" flavor
Sea water granité, fresh sakura Ebi, a slice of
kombu, pickle baby Onion, herb flower
a simple tartar of Calamari/Squid or homemade
smoke fish of the day
Beautiful balance of texture, sea flavor and
purity of Mother Nature"

八角哲学

我曾经待过很多餐厅，与世界级的厨师一起做过各种风格的料理。然而在筹备 Restaurant ANDRE 的时候，我开始思考，在这段时光里，我所做过的这么多菜当中，什么是属于 André 的料理呢？

就好像 Karl Lagerfeld（卡尔·拉格斐）和 Marc Jacobs（马克·雅各布斯）这两位很有个性的设计师，他们拥有极具辨识度的创作风格，一般人只要看到某种设计，很自然地就会联想到他们，感受到其与众不同的魅力。而我也有这样的辨识度吗？我进一步再问自己："什么才能代表 André？ André 又是谁呢？"

一旦以惯性的"自己"来看待自己，就容易产生盲点，无法精确传达心中的意念。为了深入思考这件事，我以旁观者的立场来看待自己：我在做什么？为什么要这么做？想找到这个答案，就必须回顾以往我所做过的料理，从中归纳出一个属于我的"逻辑"。于是我花费许多时间重新整理"André"，不论是我做过的菜、看过的书或者遇见的人……所有"我"所经历的事物，有如观看一部纪录片般，全部

重新审视一番，再从中撷取出重叠的部分。

我惊讶地发觉，即使我去过不同的地方，碰到不一样的人，看到不一样的事，各式各样的经历让我的料理持续在变化，但有些东西打从一开始就根深蒂固地存在。

我曾经以为，创作这件事是很自然随兴的，想到什么就做什么。然而并非如此，创作原来是有逻辑可言的，或是说我的潜意识里其实藏着某种“坚持”，在多变的作品中，不变地存在。经过这一番整理，我发现这一路走来，有八个元素不断出现在我的创作中。那一刻，我终于明白，那就是隐藏在我潜意识里很重要的八个创作来源——是我的风格、我的核心，更是我挥洒一切创意的原点。

独特 Unique

可能是独特的组合、独特的食材，或是一种独特的料理手法。比如龙虾加香草籽，龙虾是海鲜，香草籽通常用来制作甜点，一般人不会把它们加在一起。但其实 A+B 不等于 A+B，它们将创造出一种崭新的、独特的滋味。或是像狼鱼，通常不会拿来当作食材，但其实幼狼鱼很美味，拿它来入菜，这也是一种“独特”。

质感 Texture

对我来说，食物并非只有单一面向，而是可以表现多重面向的。比如我们在料理西红柿时，通常只使用某种特定的烹调方法，但我的某一

道西红柿料理，为了要表现西红柿的多重质感，我会运用各种不同的烹调方式来呈现西红柿甜的、酸的口味，甚至是脆的、软的口感。

忆 Memory

这道菜里的某样食材或某种调味，能带领品尝的人回想起某一段悠远的记忆。比如我的一道名为“士力架”的甜点，虽然它的外形无法让人与巧克力产生联想，但只要一入口，各种食材混合的滋味马上就让人想起小时候吃士力架巧克力的时光。

纯粹 Pure

你还记得红萝卜或黄瓜最原始的味道吗？丰富的调味是现代人的饮

食趋势，厨师也一直不断在思考如何调配出更不一样的味道，因此我们的食物越来越复杂，几乎让人快要忘记食材的本味。于是，我希望我能有一道菜是完全没有调味的，甚至是没经过任何烹调手续，单纯呈现出食材最原始的味道。

风土 Terrior

某些特定的地方才有的特殊食材，能够展现那个地方的特殊风味。我的一道料理“Barigoule（炖朝鲜蓟）”，这是在南法乡间地区的一道家常菜，因此当人们吃到这道菜时，就马上能联想到当地的乡间风情。

盐 Salt

每个人都有自己喜好的调味，而来自不同文化背景的人，也有各自习惯的口味。我一直在思考，有什么口味是所有人都可以接受的呢？我想到了盐。海洋的味道，不仅是咸味，更是一种深度。它可以唤醒人们最原始的味觉本能，毫不抗拒与排斥，自然地去接受这种天然的海味。

南法 South

因为多年在南法习艺，我的料理洋溢着浓厚的南法风格。南法料理以地中海的海鲜为主要食材，口味酸甜清淡，并无太花哨的烹调技巧，着重展现食材的本味，甚至分量偏大，完全传达出南法人慷慨、好客的热情天性。而我的料理就是建筑在这样的基础之上。

工艺 Artisan

我曾经在日本京都向一个农夫购买茄子，但这个农夫要求我只能炭烤加盐，否则他就不把茄子卖给我，这带给我非常深刻的印象。许多厨师只是一味地把手中的食材变成自己想要的东西，反而没有就食材的特长去发挥。好比农夫苦心栽种的胡萝卜，其脆度和甜味都超乎寻常，但也许有厨师就直接把它制成酱汁，埋没了原本清脆香甜的优点，那会非常可惜。当生产者将它的心血交到我的手中，我希望能传承他对这份食材的用心，为它找到最适合的料理方式，将这道菜献给它的生产者。

这八个元素构成了我的八角哲学，它们彼此不可或缺，就像八角形是最接近圆形的形状，八个棱角都有各自独特的个性，而唯有让它们结合在一起，才能接近完美。我知道完美可能不存在，但接近完美，才是让人更印象深刻的一种美。在 Restaurant ANDRE 吃一顿饭，客人可以品尝到代表这八个元素的八道菜。许多人总会好奇地问我："每次做菜都要符合八角哲学，不会很困难吗？"其实一点儿都不困难，因为八角哲学本来就潜意识地深植在我的内心，我只是自然而然地把我的风格表现出来而已！

以八角哲学为精髓料理而成的菜色，每一道都带给人截然不同的感受。有时让人惊喜，有时让人感到平静，有时又坠入回忆的旋涡，有时迸发出全新的喜悦，宛如一首味蕾狂想曲。

我总在客人用餐完毕时询问他们："你最喜欢哪一道菜？"当客人难以抉择、无法决定哪一道菜最好的时候，我就知道我成功了。就像一部好电影里的八个角色，各有不同的性格，你无法舍弃任何一个人。我的八道菜也是一样的，唯有把它们加总起来才是完整的。

匠与艺的认知

八角哲学深度表现了我的料理精髓，做菜对我来说，早就不只局限在技艺的表现，而是一种生活的态度，以及重新认识自我的方式。

很多厨师着重钻研技巧，技巧如同房屋的地基一样重要，必须打得扎实，房子才坚固。但是如果过度强调技巧，就容易流于匠气，甚至只能沦为一个料理“匠”。

熟悉我的料理的人会知道，我并不是特别爱用昂贵稀有的食材。不同于其他餐厅标榜自己使用的食材多么珍贵，我一直以来思考的是，除了昂贵的食材，还有什么可以说的呢？人们愿意出高价购得名画，往往是因为这幅画优美的意境，而非它作画的材料；但大多数人花高价享受美食，却是因为要追求高档的食材，而非料理的“内容”和“故事”。我非常清楚，厨艺的真正价值不在于食材的价值，而是要做出料理的深度。

比如要做一道马铃薯料理，许多人都觉得马铃薯这个食材很平凡，一点也不稀奇，应该要料理松露、鹅肝等高级食材才有挑战性，才能展现自己的技巧。但对我而言，每种食材都是平等的，把一种常见的食材做出令人耳目一新的感受，才能展现一个厨师的真功夫。

我在法国学艺的初期，有段时间不断重复煮马铃薯，因而我了解每一种马铃薯都有细微的不同之处。即使来自同一产地，但因为储放的位置不一样，含水量不同，煮出来的效果也就不同。当你明白这其中的差别，你便知道哪一颗马铃薯适合榨成泥，哪一颗马铃薯适合做沙拉，这才能从只用同一种方式水煮马铃薯的“匠”，提升到视马铃薯特性予以不同烹调方式的“艺”。

当你对食材充分地了解时，就能展现出料理的深度。厨艺，就是不厌其烦地探讨食材的细节，深入地体会和观察，并找到它最合适的呈现方式。与一般厨师不同，我从不写食谱，也不刻意记录任何配方，我所仰赖的是“料理的直觉”。我觉得料理是没有标准程序的，食材的状况不同，做法也不尽相同，调味要增减，时间要调整，仰赖的是厨师对食材的掌握。一个好厨师依赖味觉，胜过视觉。为什么呢？因为每一种食材的情况都不一样，有生、有熟、有大、有小，有的需要长时间熬煮，有些必须快速汆烫，而每天食材的状况都有不同的变化，必须随机应变，不应倚赖制式的食谱来决定这要放几克盐、几匙糖，这种做法是不准确、不可靠的。

对我来说，没有食谱是为了让味道更准确，是为了让自己更深一层地去发掘食材的内涵。一旦你对每种食材有了深入的了解，你将会

发现你根本不需要食谱，你会根据现在的气候或食材本身的状况，找到最合适的烹饪方式，来表现它最好的样子。

现在的餐饮教育，往往太过注重技巧学习，其实如果空有技巧而欠缺深度，那就只是厨匠，而不是真正的厨艺。学校教你怎么做马铃薯泥，但并没有让你去发掘每一种马铃薯各自不同的特性，这其实比烹调马铃薯的技艺更加重要。如何通过教育、思考与磨炼，来延伸纯熟的厨艺技术，让它赋予料理全新的意义，发展到更高的层次，我认为这才是厨师必须正视的课题，而这同时也是台湾餐饮界应该自省的问题。

近年来，台湾的餐饮学校鼓励学生参与各式各样的料理竞赛，这些踏上料理之路的新鲜人不知不觉就变成比赛的机器，一味追求名次和奖励，却忽略了料理更深层的内在探索，这不仅阻碍了大环境的餐饮发展，甚至是“开倒车”，非常可惜。

其实各行各业都一样，磨炼技巧是必备的，有了好的技巧，才有大显身手的可能。毫无疑问，任何学徒进入某个领域，一定是要先将基本技能运用娴熟，才能有所发挥。年轻人学艺，最忌讳的毛病就是在短短的时间之内就自以为已经把师傅教的技巧全都学会，认为已经没有东西可学，这种自负的想法，就是失败的开端。严格说起来，学习技巧只是起步，技巧学会后如何发挥，如何创立自我的风格，才是成败的关键。

不断进化的创意

创造料理时，我不会过度思考太复杂的东西，而是用心去捕捉即兴的灵感。每当我受邀到不同国家的高级饭店客座表演时，饭店通常会问："主厨，可以给我菜单吗？"我总是诚实回应："我没有菜单。"

这个答案通常会让饭店担心不已，毕竟是正式又盛大的表演，很多事前工作要确认，比如联系媒体或与订位的客人沟通，如果缺乏菜单内容，很难对外说明。

其实我不是要标新立异，也不是要给饭店带来困扰。只要是我的客座表演，基本上仍然会以我的八角哲学为基底，但最终要上桌的菜色，还是要等到最后一刻才能决定——我会采用当地的新鲜食材，或是感受这个国家的文化特性，进一步来表现八角哲学的精髓。

也就是说，我到每个不同的地方，都会展现代表当地的八角哲学。我曾在阿姆斯特丹的市集看到当地人徒手把沾了切碎洋葱的鲱鱼放入口中，对我来说，这很能代表荷兰当地的豪迈风情。因此我在那里客座表演时，就以此为灵感做了一道菜，不附刀叉，让客人直接用手食用。味道当然跟原来的鲱鱼大不相同，不过当地人徒手将它放入口中的那一刻，这道菜马上能与他们产生共鸣，我也通过我的菜与他们对话。

正如同画家到一个地方写生，当下的感触不同，画出来的风景就有差别，不同氛围会让人产生不同的想法，而画布则会如实显现各式各样的触动。我的创意来源可以是任何东西，灵感也可以来自任何一个信息，一栋建筑、一封情书、一个人、一句话、一则故事、一个颜色、一幕风景……都可能启发我的创意。这种能力并非天生，而是从日常生活中自我学习累积而来的，如同我的恩师教导我："一位好的厨师，需要学习的不只有技艺，更需要具备感受生活点滴的敏锐度。"

我的作品是否够格被称为"创意"，需要更多可信的评鉴，但我可以保证的是，它的确是一种"体验"，是我在每一个时期经手不同食材的不同心得，或是我碰到不同人、事、物所产生的各种想法。很多人好奇地问我："André，为什么你有这么多 idea（想法）？每次创作出来的东西都千变万化？"因为"创意"这两个字对我而言，并不是静态的名词，而更像是不断在改变的动词，每一分钟在变化的人、事、物，都是创作的灵感！

真实的料理

我的料理还有一个很重要的元素，那就是“Honesty”（真实、诚实）。Honesty 非常重要，运用在料理上，就是要发自内心。

我从不记录我曾经做过哪些菜，因为唯有不被旧东西所局限，才能让自己用最新的观点去检视食材和味道，这个创意才最能代表当下的想法，也是最真实的。举个大家都能理解的例子，当你吃某样东西时，你的第一反应会是好不好吃，第二才会进一步去品味这道菜可能的烹调方式与调味。而这个第一反应会是最真实的，是你潜意识里对这道菜的评价。

料理也一样，我把握自己每一个做菜的当下，现在我手边有芦笋，心底很自然地会根据食材特性与当下环境，迸发出最直接的灵感。这个最原始的灵感，就是 Honesty。当我一再反复思考、修正最初的想法时，反而会模糊了原本要传达的讯息。这也是我常把自己压到最后一刻才决定要做什么菜的原因，因为那一刻是我最接近客人的时候，我的感受看似很即兴，但反而是最强烈、最精准的。而我的料理始终都处于当下，为当下发展创意，为当下而设计。

在 Restaurant ANDRE，我们遵循传统法国料理的用餐顺序，在主菜之后，甜点之前，会斟酌客人的情况上一道由法国最权威的芝士大师 Bernard Antony（贝尔纳·安东尼）亲手制作并挑选的芝士。但有一次，我突然发现，餐厅里一些不习惯芝士浓重口味的客人，有的选择跳过这道菜，有的则因为不想错过任何一道菜，勉强自己吃下不喜欢的芝士。

好的服务应该要让客人拥有流畅、完美的用餐经历，不应该让他们觉得有“被教育”或者“我无法融入其中”的隔阂。发自内心的观察和体贴，也有可能成为创意的来源，于是我以此为灵感，创作了“Camembert”这道长得很像芝士，但口味极为清淡的甜点。如此一来，当同一桌当中有喜欢吃芝士的客人，在享用 Bernard Antony 的芝士时，不习惯吃芝士的，也可以品尝 André 的 Camembert，一起 Enjoy（享受）完整的用餐流程！不刻意献殷勤，也不炫技，而是细心体察客人的每一个细微感受和需要，借此做出最恰当的调整，这就是我很强调的 Honesty。

同样是发自内心，比较抽象的 Honesty，以餐饮服务为例，在对待客人时，服务人员必须真心诚意地体贴客人。强调要蹲着介绍菜单、要露几颗牙齿微笑才行，这些都只是形式，最好的服务并没有 SOP（Standard Operation Procedure 的首写字母缩写，意为标准操作

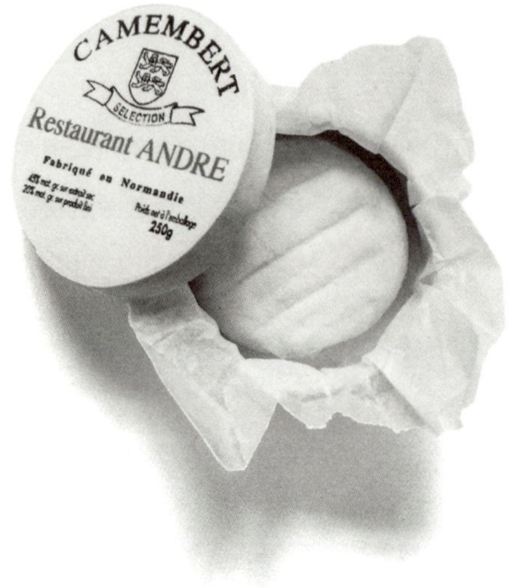

流程）。

我不会要求服务人员在客人来的时候，必须喊出制式的欢迎语，奉茶要四十五度角，菜色上桌必定要有统一的说明，这些都不是我的风格。比如我餐厅里的每名服务人员、每位经理，在认知餐厅概念和八角哲学后，他们都可以采取自己的表达方式来诠释我的八角哲学。服务的 Honesty，是必须深入体会服务的精神，了解客人的需求，然后用自己的方式来表现。所以尽管每个人诠释故事的方式不一样，有的还要经过修饰，有的可能需要时间消化，才能变成自己的东西，发展出自己的表达方式。但唯有发自内心地去学习、理解、体会并

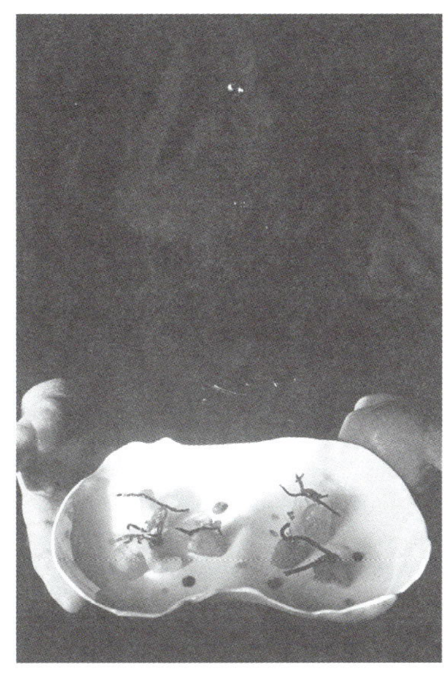

认同，而后亲自实践，对待每一个光临餐厅的客人，这样的服务精神才能在大家的心底生根，变成每一个人的资产。唯有能打动自己的服务，才能打动别人的心。

发自内心的料理与发自内心的服务就是我所说的 Honesty，这样的真心诚意，才能打动每一个客人的心。

记忆胶囊

我始终觉得一道成功的菜，可以把人带到无比遥远的地方，让你遇见一个人，或回想起一道风景、一个城市，甚至回到某一段回忆里。

我有一道称作“士力架”（Snickers）的甜点，每一年，我都会为这道菜创作出不一样的版本。所谓不一样，是说除了外形以外，质感及口味也有所不同。然而在这“不一样”之中，它初始创作的Concept（概念）却是相同的。

当初会选择士力架做创作的材料，是因为我发现一件很有趣的事，世界上有千万种食物，有些能延续，有些却很快被淘汰，这是为什么？那些从以前延续到现在的经典食物，到底藏着什么特殊的价值？

为了找出这个秘密，我选用士力架这款经典的长销零食。士力架由美国玛氏食品制造，它在全球一年销售量估计可以达到二十亿美元，至今流行不坠。为什么它可以在市场存在这么久的时间？它和其他巧克力零食又有什么不同呢？

2007 年，我开始解构士力架巧克力的制作原料，发现里头主要含有五种元素：巧克力（chocolate）、牛轧糖（nougat）、盐味焦糖（salted caramel）、法式杏仁饼（dacquoise）、花生（peanuts）。我进一步从料理化学实验中发现，这五种元素不管以什么方式搭配，A 元素 + C 元素，或 B 元素 + E 元素，每种组合都可以显现一种微妙的平衡感，五个元素相互支援，加在一起是种完整的味道，但分开品尝，又不失各自风味。

因此我兴起一个念头，以每年翻新组合的方式，重新做出属于 André 的士力架料理。对前来品尝的人来说，它看起来很像是天马行空的创意，是一道陌生的、新奇的料理。然而品尝之后，却会发觉这味道好像和脑海中的某个印象有种奇妙的共鸣和联结，就像“记忆胶囊”一样，这道菜唤起你的一些熟悉感，也许是某次吃士力架巧克力的记忆，也许是当时和你一起吃巧克力的那个人……因为有了记忆胶囊，这道菜对你来说不再是全然陌生的，反而是在新的品尝经历中增添了浓浓的怀念滋味。

一部电影或一首情歌之所以让人久久无法忘怀，是因为它牵动了你内心深处的某个记忆。而料理也是一样的，通过某种口味，让人回到某一个场景。当然每个人的记忆胶囊也许有所不同。同一杯咖啡，有人很怀旧，想到爷爷煮的咖啡香；有人很浪漫，怀念起旅行巴黎的时光。但无论如何，还是会与人的内心深处产生联结，而这正是我运用料理与客人对话的方式。因此，在我的每一道菜里，都可以

找到记忆胶囊，这种似曾相识的味道，让料理和品尝的人之间有了更密切的联结，料理不再只是料理，而是有生命、有温度的故事。

我的每一项创作都源自一个简单的想法或信息，我希望创造既能代表当下，又能让人联想起过去的料理。因此我所创造的，不是天外飞来的新口味，而是以过去为基础的创新，这个口味的记忆胶囊会带着你回到以前的某个时刻或片段。这个概念就如同 André 这个人，现在的 André 并不是一个全新的人，现在的 André，是从 1976 年持续进化到现在这个 André 的一种进行式。

每个人经过时间的累积，都会有所成长、有所改变，就像今年的“Snickers2013”会和去年有些不同。但它还是一种会让人怀念的滋味，这份怀念蕴含着过往的记忆以及它所延伸的各种想象，就像一首情歌，勾勒出人们心底蕴藏的感情。

简单的一个味道，有时候代表的不仅是食物的味道，而是一段美好的回忆，同时也包含人们内心对过去的怀想与对未来的向往。

一块陶土的启示

我很喜欢与人分享一个关于陶土的故事。有一次，我要餐厅所有厨师坐下来，我发给他们每个人一块陶土。“不要看实物，就凭记忆捏一个自己最熟悉的东西，随便捏都可以！”我的指令很简单。刚开始，大家都兴高采烈，有人捏洋葱，有人捏鱼，有人捏芦笋、蒜头、马铃薯……然而捏着捏着，突然大家都慢了下来。

“喂，你记不记得蒜头有几瓣啊？它有叶子吗？”求助的声音纷纷冒出来。

“有没有人知道洋葱是否有根？”

“谁记得鲈鱼的尾巴是什么样子？”原本自信满满、认为自己对食材充满了解的态度，有了一百八十度大转变，大家开始对自己的记忆产生怀疑。

继续捏，大家的问题越来越多。“洋葱里头长什么样子？洋葱的根又长什么样子？”或是：“大蒜的瓣到底是三角形还是圆形的？叶子是尖的还是弯的？”以往自认为很熟悉的东西,其实对它一点都不了解,甚至完全陌生。

这是我给厨师们的震撼教育，他们或许每天都在接触这些食材，却很有可能过目即忘。做了这个陶土练习，他们才会了解，自己有多么忽略以往觉得习以为常的东西。自以为非常熟悉食材的知识和料理的技巧，但真的曾经发自内心深入探索过吗？就好像我们周围的人，虽然每天都能看到，每天腻在一起工作，但你可能不知道这个人脸上的相貌特征，或是他到底喜欢什么东西，讨厌什么颜色。

很多厨师一直在寻找新的食材，觉得这样才能创造出新的味道，但对我来说，寻找新的食材只是哗众取宠的捷径。如果告诉别人：“嘿，我今天做了一个新的洋葱菜色。”多数听到的人心里可能会这样想：“用洋葱做菜，没什么了不起嘛。”脸上可能不会有什么期待的表情。但要做出一道新的洋葱料理，其实要熟悉所有已被开发的味道和技巧,要完全了解食材的特性,才有可能做出一道“新的洋葱料理”啊!

厨师并不是魔术师，如果每次都要变出新花样，其实只是很肤浅的表面功夫。美食真正的意义，是透过厨师对食材的认识，让客人产生不一样的饮食体验，或者被这道菜蕴藏的讯息所感动，那才是料理的深度所在。唯有让客人品尝到食材的深度，料理才有了故事、有了生命。而料理的精神，也因而得以延续。

完美就在细节里

“您好，这里是 Restaurant ANDRE。”

“不好意思，我想订位。”

某位常客打来电话订位，在确认一切订位信息后，对方怯怯地问:“不好意思，还没问您是哪位？”

“您好，我是 André。”

“André？请问你是 Chef André 本人吗？”

“是。”我这样回答。

“啊？真的是 Chef André 本人？”客人不可置信地又问了一次。

我为餐厅制定了几项不成文的规矩，一定要由总经理或我本人接听订位电话是其中很重要的一项。大多数人都认为接电话是基本工作，工读生就可以胜任了。老板以高薪聘请经理，应该让他做更重要的事。但我却认为，这家店的形象，从接电话的那一刻起，便开始传达给外界了，也就是从那一分钟开始，客人就会对这家店有所期待。要达成完全细致的客制化服务，应该要思考得更深远，就是要从最容易被忽略的细节开始做起。客人的第一印象是从接起电话的那一刻开始，而不是走进餐厅才开始，这么重要的任务，代表着一个企业的门面，应该由餐厅里最重要的人来负责，而非最不重要的人来和客人做“第一次接触”。人们常说“魔鬼藏在细节里”，料理与餐厅经营，充满了看不见的细枝末节，千万别轻视这些小细节，因为它们经常是成败的关键。

在 Restaurant ANDRE 里，每张餐桌与邻桌、墙壁和椅子之间的距离，桌巾的材质以及灯光的明暗，甚至是每一个装饰品的位置，都有一套贴心的准则。客人不会知道这是经过我们多次调整的结果，当他坐下来时，他只觉得气氛很好、感觉很对。

我每天会收到订位客人的信息，再根据他们的用餐目的亲自安排座位，因此我不会把需要安静谈生意的客人和庆祝生日的客人安排在一起。这是一个很小的细节，但对客人来说，这可能影响了他们用餐的心情，或影响他们能否达成用餐的目的——生意谈得成吗？生日还愉快吗？

另外，像一块简单的肋眼牛排也有好吃和不好吃的部位，带筋的通常属于口感比较不好的部分，另一边没有带筋、油花细密的则是最好吃的部位。因此在摆盘时，我会把最好吃的部位放在盘子的左下侧。

这虽然只是个模拟，但其中牵涉了对食客的观察和用心。大多数食客习惯左手拿叉子、右手拿刀子，因此第一块入口吃到的牛排，多半会从左下方下刀，也就是我所预设最好吃的部位。反之，如果事先知道用餐者是左撇子，我就会转换方向来摆盘，目的是要让客人能够在切下牛排第一口吃下肚的，是整道菜最好吃的部分。

当客人吃下的第一口刚好是一盘料理中最精华的部分时，那么这道菜色的摆置方式就是成功的。为什么呢？客人用餐，永远最容易记得第一口吃下去的感觉，这关乎他们对整顿饭、餐厅厨师的印象。所以摆盘的重点，除了要在乎视觉美观，更要讲究心理学。菜色摆盘位置不同是要引导客人不同的用餐顺序，进而牵动整道料理所要带动的起承转合，最终影响客人对整顿饭菜的品味和感受。像这样看似不起眼的摆盘动作，其实是一位优秀厨师必须“斤斤计较”的细节。

不刻意矫情地限制客人要从左吃到右或者从右吃到左，而要视客人的习惯做最细致的安排。我教导我的厨师伙伴们，每样东西所摆放的每个位置都有它一定的作用，料理要善用感性，更要善用理性，其中的每一个细节，都必须仔细分析它所代表的意义。

不仅端上桌的料理如此，餐厅经营的成败，当然也靠这些小细节来创造差异化特色。一次美好的饮食经历，其中必然蕴含许多学问与巧思。因为这份坚持，我始终很努力关注每一个小细节。而最极致的服务是看不见的，是一种不可言喻的亲切、喜悦、诚恳、自在。

享受一顿饭的时光

有一次，一个媒体朋友问我："André，你在每一道菜的每一个小细节里都投注了这么多想法，如果今天来了一个客人，在享用的过程中没有任何感觉，或者不想花心思去了解你的想法，你会有什么样的感受？"

记得当时我这么回答："没关系啊，至少那位客人吃了一顿好吃的晚餐，在我们餐厅度过了一段很棒的时光！"

事实上，"享受一顿饭的时光"就是每个客人来餐厅用餐的目的。一道菜如何吃、用什么吃、按什么顺序吃，都是其次，重点是要让客人很轻松地享受这顿饭，并且帮助客人达成他们的洽商、庆祝或约会等种种不同的期待。这是我们努力的使命，也是我们服务的最终目的。不需要让他爱上你的食物，只要让他爱上你的地方，在这个地方完成他想做的事。

对于这一点，我认为客人在我的餐厅里可以完全放松。没有对或错，

modifie et se transforme
de prétendre fixer les des
partant de côtés de la
instable comme elle

没有复杂的意义，就是吃了一顿很好吃的料理。我常说："就让料理最复杂的部分留在厨房吧！"厨师用最细微的思考来制作一道菜，但要让客人毫无压力地享受它。

每一间餐厅都有各自的特色，有的口味偏辣，有的口味清淡。喜欢吃辣的人，就知道该去那家偏辣调性的餐厅。哪一天突然想吃清淡的口味，脑中浮现的餐厅也会是另外一家。餐厅必须建立自己的调性，一旦风格确立了，就会吸引到搭调的食客群。

因为这样的信念，让我从来不会因为市场需求而改变我自己的料理风格。有人问我："如果不被市场接受，那怎么办？"对于这点，我丝毫不担心，有句话说得很贴切：如果自己都不了解自己，别人又怎么会了解你呢？如果连自己都不确定自己的口味，那又怎么能让别人尝出料理的用心以及你所要传达的讯息呢？

料理这件事，最微妙的地方就是没有哪种食物一定是最好的，或一定不好，因为，同样的菜色，面对不同的人，就会产生不同的解释。如同艺术品，有的人觉得是鬼斧神工，有的人却毫无感觉。即使再有名的主厨、再完美的一道菜，都要回归这个道理，而这也是料理最具挑战性的迷人之处。

如何解读料理才是最贴切的呢？我认为，不管一个厨师还是一道料理，让人印象深刻的决胜关键，就是要有自己的个性。而我的风格，就是对单纯的坚持，对真实的坚持！

眼睛看不见的东西

我做的料理，经常被外界认为超乎常理，因此不少人会问我："How do you think out of the box?（你如何跳脱框架思考？）"

"Everything is out of the box if you are not in the box.（如果不站在框架里面，所有事情都是跳脱框架。）"这就是我的答案。

如果你本来就不在框架里，你的每一个想法当然都能跳脱框架！传统的训练模式容易让我们从既有框架中寻找出路，但如果跳脱这道藩篱，不站在被设定的框框里，你的视野就会变得完全不同，你所有思考的事情，全部都是"out of the box"（跳脱框架）。

例如我很少阅读食谱，其中一个原因，就是不希望自己被局限在这个框架里、困在厨师的思考逻辑中。相反，我却大量阅读建筑、艺术、时尚流行……许多看似和做菜没有直接关联的书，因为它们对我在料理上的创意和启发，都有莫大的帮助。

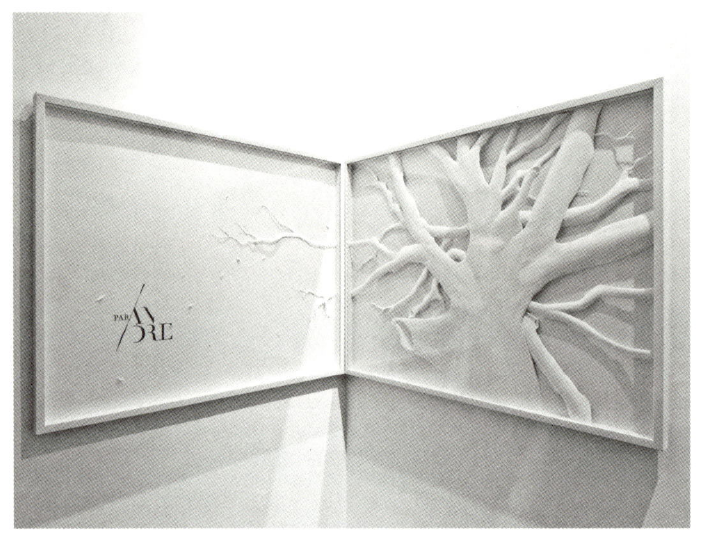

“L’essentiel est invisible pour les yeux.（本质并非肉眼所及。）”它是我最喜欢的名言，出自法国作家安东尼·德·圣埃克苏佩里的《小王子》。故事里有幅平地突起一座小山丘的简单线条图，大人看了都说是一顶帽子，只有小王子说：“那是一条蟒蛇，吞掉了一头大象。”同一幅图画，每个人解读却不同。只要跳出框架，每个人都可以拥有小王子的单纯思绪，体会比表象更深一层的意义。

我第一次看《小王子》是在高二升高三那年暑假，说起来纯属偶然，当时有位朋友正在学法文，因为她的介绍，我接触了英文版的《小王子》；之后到了法国，才重看了法文版。

尽管文字版本不同，但《小王子》仍然让我百读不厌。在不同人生阶段、不同年龄读它，都有不同的感受，好比西方人读《圣经》，中国人读《论语》，每次看都有不同的体悟。

深奥的《小王子》常使我联想到essential（本质）这个字，以画作来说，有时我们看画家只是画一棵树，但图画要传达的信息并不是这一棵树的表象，而是更深层的冷、伤心或孤单的感觉。这就是essential，一种更抽象的内在情感。

眼睛看不到的东西，并不表示不存在，甚至有许多看不到的，才能显现事实的本质。《小王子》里的这句话对我影响至深，就好像我做料理，外人看到的只是一盘菜，但它其实不只是一道菜，它蕴含一段精彩的故事、一个很棒的灵感，甚至是一段特别的经历。料理成为我表达讯息的一种媒介，餐厅里的每个小细节也烘托出与这道菜配合的氛围。这一点一滴虽然看不到，但拥有只可意会的可贵本质。

André 餐厅的概念同样如此，我将餐厅的 Logo 设计成只能隐隐约约看到一半，而非完整的图像。为什么呢？因为餐厅是具体的，但氛围是看不到的。外头的人只能看到隐隐约约的 André，直到进入餐厅，享受两个半小时的飨宴，才能够发掘那个“隐藏的一半”。到那一刻，你才能了解完整的 André 餐厅到底是什么样子。

从做一道菜到开一家餐厅，我所关心和投注的始终如一，不是只有表面上看得到的技巧或硬设备等，而是整体的，包含无形的气氛、故事……是一种从心散发出来更内在的感动，因为是用生命、用人生经历所淬炼，才能真正独一无二。

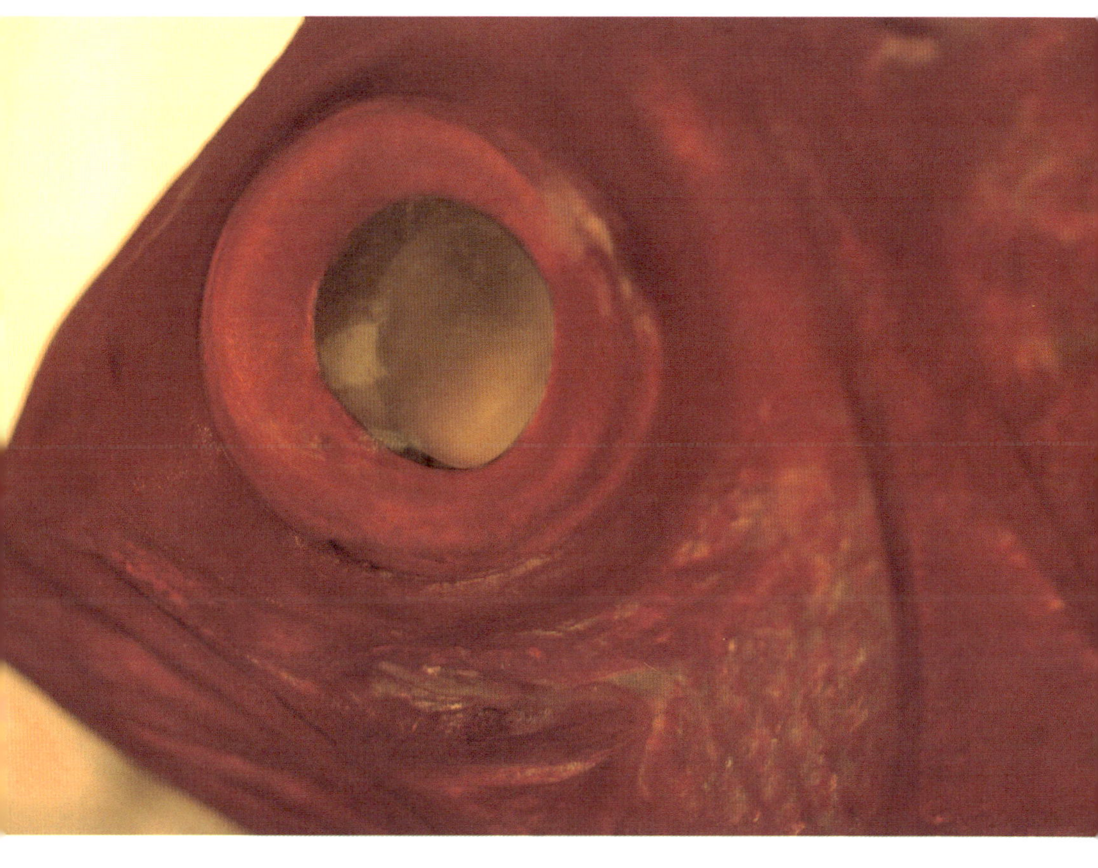

莫忘初心

/ 我知道完美可能不存在，但接近完美，才是让人更印象深刻的一种美。

/ 厨艺的真正价值不在于食材的价值，而是要做出菜色的深度。

/ 厨艺，就是不厌其烦地探讨食材的细节，深入地体会和观察，并找到它最合适的呈现方式。

/ 没有食谱是为了让味道更准确，是为了让自己更深一层地去发掘食材的内涵。

/ 学习技巧只是起步，技巧学会后，如何发挥，如何创立自我的风格，才是成败的关键。

/ “创意”这两个字，对我而言，并不是静态的名词，更像是不断在改变的动词，每一分钟在变化的人、事、物，都是创作的灵感！

/ 美食真正的意义，是通过厨师对食材的认识，让客人产生不一样的饮食体验，或者被这道菜蕴藏的信息所感动，那才是料理的深度所在。

Chapter——8

念念不忘的初衷。

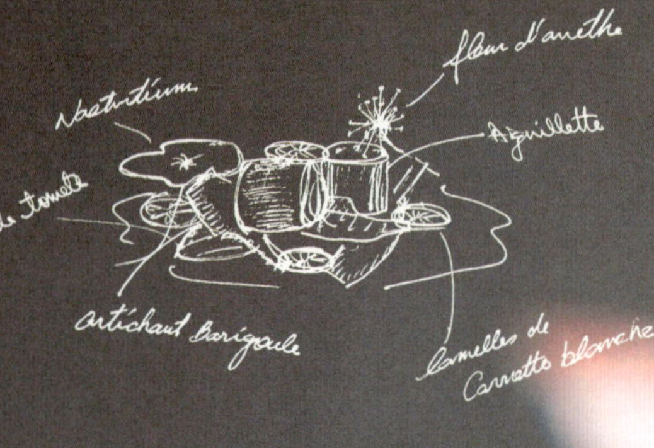

" a most classic terroir dish from the south of France.
Rustic but Elegant at the same time "

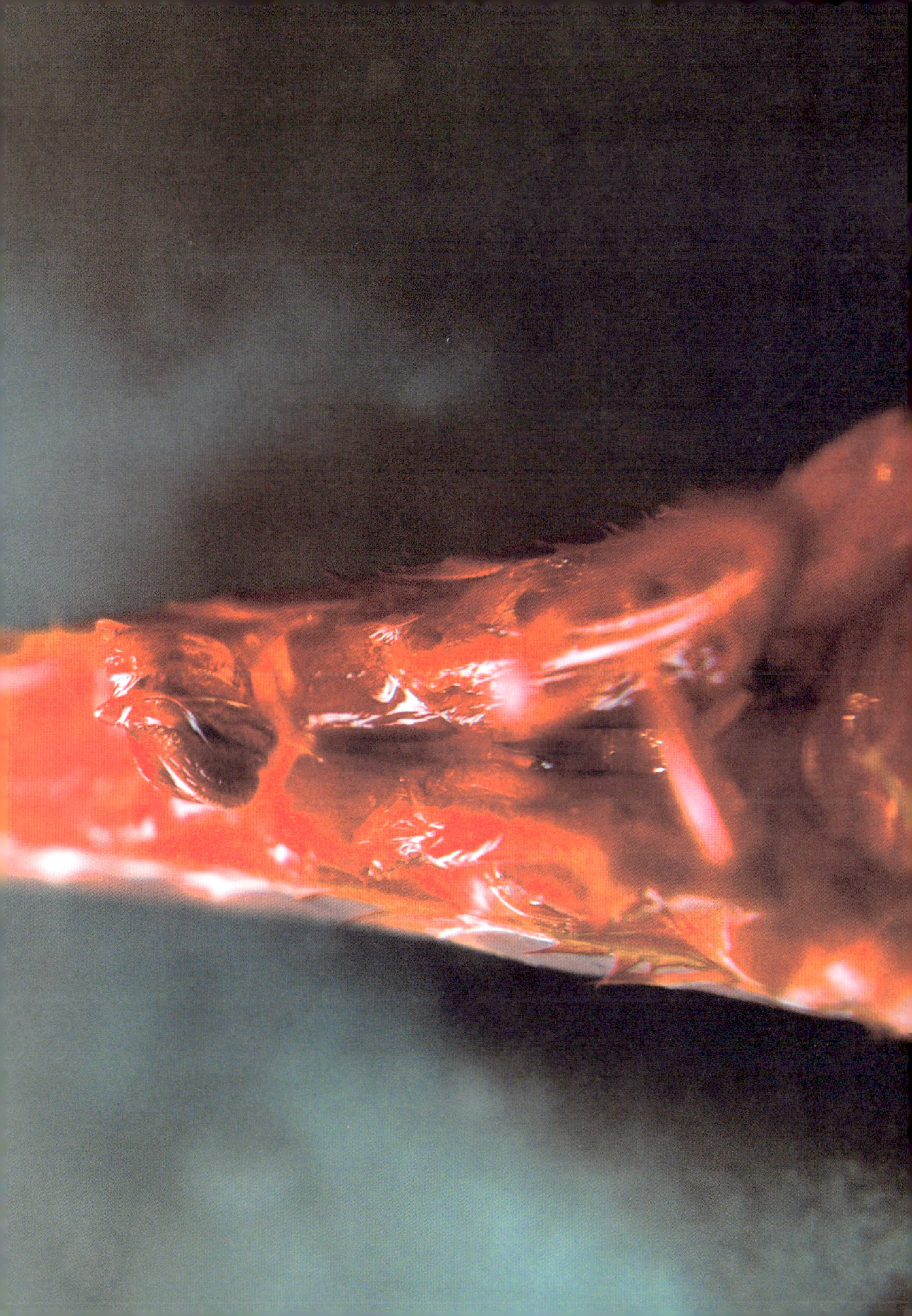

André 式的管理学

我从 2000 年开始，陆续在世界各地开餐厅，除了协助双子星主厨在东京、新加坡、泰国、上海开设四家餐厅，2008 年至今，我以自己“André”的名号，在新加坡从 JAAN par André 移到 Restaurant ANDRE，从这些经历，我发现“管理”是一门看不见的学问。

我们餐厅里工作的职务与分级，与大多数公司所施行的金字塔型管理模式不尽相同，我们强调“平等”做法的放射式管理。在这里，每个人都有被赋予的工作与责任，每个人必须做好所属环节职务，我知道某个人适合做某件事，我就全权交给他。在这个前提下，每一个人都是各自领域的专家，不论任何事，都可以直接和餐厅核心沟通。

一个负责煮马铃薯的人，在一般餐厅可能只是被呼之则来的小弟，但在我的餐厅里，他就是“马铃薯专家”，我就会让他处理任何与马铃薯有关的专业问题。这样的方式，不仅能凝聚大家的向心力，无形中也让每一个人都知道自己是不可或缺的。

另外，不论是厨房或是餐厅的经营管理，我都注重亲力亲为。我对伙伴的教导与要求也始终如此，不管身为经理或杂务人员，从上到下没有级别的待遇差异，大家都必须上下一心、通力合作。

譬如前文所提及的餐厅订位服务，只有总经理才有资格负责，我们没有接线生或小妹去应接餐厅电话，也就是说，如果客人打电话来订位,接电话的人一定是总经理或我本人。当客人进到餐厅内用餐时，服务的人也是餐厅经理或总经理，而且是同一个人，贯彻为客人做专属服务的信念。

在这种情况下，总经理的责任就很重大。客人的嗜好、品位及餐厅给客人的第一印象，都掌握在这位经理人员的态度与认知表现上。相对，经理人员也因为这份职务，可以尽情发挥个人的专业与长才。

这样的做法是从新加坡 Restaurant ANDRE 餐厅开始的，它的经营概念是强调精致细腻的客制化服务，而且是从客人打电话被接听那一刻就开始。不管是外场服务还是料理品味，每一个细节都努力打造出量身定做的质感，在这个要求下，就无法采用一般餐厅传统的管理模式来经营。

除了在职务与制度上的规范及一些不成文的规则，我们在每个环节上都兢兢业业，更重要的是我所强调的看不见的精神。我积极灌输一个想法：不管担任什么工作，或大或小，都必须发自内心做好，并且严肃看待!

“发自内心”也许很难约束，也很难把它当作教条去规范员工。但我想我的以身作则以及全然信任，会让大家都有很大的空间去大显身手，勇于表现内心的想法，并跟着我一起用心服务客人！

用人像用料一样重要

料理把我带到世界各地，让我接触不同国家的人才。每个地方的文化生活差异，造就了不同的人才特质、个性和优缺点。

日本籍的厨师，因为他们本身对 quality（质量）就有很大要求，料理这件事对他们来说是件很严肃的事，所以他们对主厨的指令总是奉为圣旨般，努力且准确地把事情做好。

我在日本的开店经历，虽然属于海外“初试啼声”的第一间餐厅，但是实际上因为日本人对“框框模式”或者说“制度化”概念的餐厅经营，多数有清楚认知，因而都有快速适应力与精准执行度。在基础设施和基本理念已经很完备的状态下，我们在东京开设的第一家餐厅，并不需要花太多精力来特别雕塑成理想的模样，所以在日本开店的过程极为顺利，从筹备开设到正式开幕、营运上轨道，整个任务从执行到完成，只花费了短短三个月的时间。但料理的妙趣在于它不全然是可以模仿的，料理是一门艺术，是要有感觉的。

有一天，我请一位日本厨师为一道菜摆盘。“用你的方式去摆设吧！”我希望他能发挥自己的创意。出乎意料，这位以往使命必达的厨师突然愣住了，他露出手足无措的无助眼神，有如做错事般沉默羞愧地低下头。这时我才赫然发现，日本人精准的个性下，和我对食物的随性感觉竟然不一样，而且颇有一段差距。

我的摆盘方式很 free style（自由风格），但在这个风格里却藏有很微妙的平衡感。当有二三十种食材放置在面前要摆盘时，优秀厨师必须当机决断，知道哪里摆长的、哪里放短的，这边点缀红色、那边用绿色装饰，酱汁该如何挥洒才能画龙点睛，色香味又要如何平衡，什么东西可以首先挑起食客的食欲。每个看似不起眼的动作或小东西，不管在味觉或视觉上，都有它的顺序、作用和地位。其实一道菜并不只是食物和容器而已，而是代表着味道的先后顺序和潜意识的用餐心理学。

这样的风格并不容易教导，但是我希望就他们对食材的了解，让他们也能发挥自己的想法。于是我对日本师傅说：“Follow your heart！（跟随着你的心走。）”我并不要求他排列出和我一样的盘面，事实上，因为食材的差异性，每次摆盘的排列方式，自然也会有所不同。但这位技术优秀的日本厨师就是没办法自在地发挥。

我认为，厨师对做菜很有热情、很规矩、有纪律，这在技术层面可以达到百分之一百的水平。但超过技术层面的创造力，却也因此受限。探究原因，可能是厨师太尊重料理的技术，他们认为法国料理是很有传统与文化的一种料理，因此一定要具备某种条件才能制作。日本师傅非常崇拜这样有内涵的料理，认为一定也要完全遵循古法来制作，才够资格称为法国料理。这答案是，但也不全然是。

所以当被要求用自己的方式来制作时，他们反而产生恐惧感。觉得这么崇高的料理，怎么可以擅自用自己浅薄的认知来诠释呢？是的，因为害怕，导致不知如何下手，这是因为崇拜而产生的依赖。但若真正了解料理的意义，就不难理解，料理所要表现的是生活的态度，而非华而不实的装饰。因此，只要跟着心底的感觉走，就是回到最初的 Honesty。

而新马地区的厨艺人才，因为语言优势，学习上手进步得很快；对料理的认知，也因为所阅读的相关书籍多以英文为主，直接接触到第一手国际信息，相较于其他地区的人才，他们对料理的认知更敏锐。因此在同样起跑点的学习进度上，他们总是一马当先跑在前面。然而，新马地区的厨艺学习者却较容易出现花哨不扎实的问题。我发现，他们马步扎得不稳，功夫有形却不精实，因此常造成在某一个阶段突然停滞不前的障碍，如果没办法突破这一关卡，往往会前功尽弃，造成无法往更高境界发展的遗憾。

至于来自欧美地区的厨师，如果以法国料理学习而言，相对来说他们表现得更加游刃有余。基本上，法国料理属于欧美厨师所熟悉的一种生活文化，在语言、信息、设备、食材等各方面都不需要再做多余教育，对食物味道的理解，也不需要特别调整。但缺点是欧美地区厨师人才的抗压性不足，因为被较轻松的生活态度影响，普遍没有亚洲厨艺学习者来得坚强有韧性。

相较之下，中国大陆的人是很有竞争力的一群，原因在于现阶段他们仍然保持单纯之心。中国大陆厨艺界目前对法国料理有通透了解认知的人才，老实说还不算多。我们2004年到上海开设中国第一家顶级法国餐厅的举动，不但是中国，更是世界厨艺界一大盛事。当时现代顶级法国料理才刚在上海萌芽，目光远大的双子星主厨大胆看好这块处女地，首先在上海开出如同法国总店规格的感官花园，亚洲最大餐厅，前瞻性、魄力都十足。

对于执行任务的我而言，如何在一个几乎完全没基础、没人才可运用的市场，快速打造出金字塔顶级的法国料理圣殿，的确是一项艰巨的任务。然而事实上，我反而格外怀念在中国大陆那段奋斗期。中国大陆市场对我而言，就像一块璞玉，虽然我对环境、人才完全陌生，但对耕耘处女地而言，正是扎根打基础的最佳时机。那时我面试了许多来自中国各地的人，这些年轻学徒都对法国菜完全没有概念，有的甚至连法国在哪里都不知道。他们就像我当初到法国一样，是一张纯然的白纸，势必需要面对一段艰辛的学习过程。

但是让我惊讶的是，经过一段魔鬼训练后，这些没有法国料理概念的小厨师学徒，反而比某些所谓“有经验”的人，适应力和抗压性都更强。我发现他们愿意吃苦耐劳、肯学习，把责骂当磨炼往肚里吞，“白纸”的资历，反而更突显他们的竞争力！“Sometimes less is

more.”有时候少即是多，有经验的人常常觉得自己比较有竞争力，自恃具备这项优势，对万事万物不够用心，也不愿花心思学习。相反，新手知道自己经验不足，反而更用心，能够专心致志地把事情做好，这种单纯和专注所产生的爆发力，往往能让他们的成绩超乎预期，比那些有经验的人更好。

相对地，回头观看我所最熟悉的中国台湾年轻人与台湾餐饮环境，如果拿来和上述人群在同样基础下做比较，我必须表达诚实的感慨：“台湾已经没有优势了。”

台湾的年轻人不论在抗压性、语言能力、创意或精准度上，甚至是基础学习的表现上，都渐趋落后，逐渐失去与世界竞争的能力。很多人在饭店或餐厅做了几年，就以为自己把技术全学会了，自信满满地出来开餐厅当老板。事实上，这些人本身的技术或心智都未臻成熟，是没有办法展现纯熟技巧做出成熟料理的。因此台湾的餐厅虽多，但餐饮产业与料理文化不上不下，始终无法发展出在世界餐饮舞台上立足的出众风格与地位，我认为这是台湾整体餐饮产业所面临的最大瓶颈。此外，一些年轻厨师把餐饮比赛当作志向，更完全扭曲了料理真正的意义和精神。很多来自台湾的厨师都希望能到我们餐厅工作，不过因为无法承受工作压力，或太过自认了解厨艺精髓，至今 Restaurant ANDRE 的团队依然没有他们的身影。

虽然竞争力较弱，但他们的创意仍让我自豪和感动！他们需要发挥创意的舞台，除了提供环境，更重要的是鼓励他们大胆执行创意。

天马行空的想法，没办法落实执行，就只能是不切实际、海市蜃楼的空想而已。也因为这样，这些年来我发掘过很多来自台湾的创意人，给他们多一些机会和平台，让他们大展身手，让全世界看见他们的作品。

为了让 Restaurant ANDRE 拥有国际视野，我也亲手挑选来自世界各地的精英。当语言能力、专业能力都能够国际化时，竞争力就能与世界同步。在我的餐厅里，一直以来都有十二到十四个国籍的人才，大家一起工作、交流、学习不同文化的优点。每个人对同一道菜可能有不同想法，当一道菜能被十几个国家的人所接受，那么它就是一道上得了国际餐桌的菜，而不是一个闭门造车的东西。

在这样的环境里，每个人进步的空间都很大，当大家互相吸收彼此的优点，完成一道作品时，这是不可多得的学习经历。因此对我来说，用人和用料一样重要。空有好食材或好技巧没用，不如把合适的人放在正确的位置上，让他们激荡出耀眼的光芒。

不可或缺的 Flexibility（弹性）

我挑选人才时，履历往往不是我关注的重点，重要的是对这份工作充满热情，并且具备新思维，愿意接受新观念！

哪些是餐饮界里诟病的坏习惯？首先，以为自己已经什么都会了，不愿意接受新观念和新做法的人，我认为是阻挠进步最严重的坏习惯。

在料理上，我的做法与一般餐厅要求的模式大不相同。我不需要料理的厨匠，或自认为熟悉餐厅运作的油条老手，因为很多坏习惯一旦养成，就不好调整。相反，我喜欢一张白纸般的人才，虽然一开始技不如人，但只要愿意学习，肯吃苦耐劳，一定可以走出自己的路。

“弹性”则是餐饮服务从业人员必备的重要特质。所谓的弹性，就是精准且圆融，对周遭事情要“能伸能缩”。

以外场服务为例，服务人员必须从最小的地方用心，这“最小的地方”指的是深刻了解每一位客人的需求是不一样的。比方有些客人希望上菜速度能快一点，有些客人喜欢吃得慢一些；有的客人爱聊天，希望被关注，有人却讨厌被打扰；有的希望单纯地享受一顿特别餐点，有的可能是要洽谈一件重要的生意……客人千百种，每一天服务人员所要面对的状况都不一样。重点是对于来用餐的客人而言，他们并不一定需要长篇大论的解释，相反，他们希望服务人员能快速抓住他们的需求。

所以，针对每一位客人不同的习性、需求与要求，餐厅服务人员应对表现的方式应该有所不同，这绝对不是做十年、二十年，每一道菜只用同一种方式讲解的“老餐饮”心态人士可以胜任的工作。

同时也必须注意到餐厅的气氛，因为每一天来餐厅的人不一样，氛围也就不同，优秀的服务人员必须察觉到这点，并快速地做出适度调整。面对来庆祝的客人，你表达你的祝福之情，并与他们同乐；面对时常来用餐的熟客，你的态度亲切随和，但也不失礼节；而面对来洽公的客人，你也会展现恰如其分的庄重。甚至要视客人的需求或目的，制造适宜的氛围。不能说“哦，我只是个服务人员”，还是用同一套方式去服务客人。如果每天都一成不变，就不是合格的餐饮人员，而餐饮工作中的乐趣与挑战，大概也就是在这些小地方。

厨房内场的厨师也是一样，经验或技巧都只是一部分，想成为一个成功的厨师有个很重要的特质，就是要知道客人要的是什么，这意味着厨师要懂得市场走向和顾客心理，从料理到环境全面地照顾到

客人用餐的气氛、服务与心情。

一家餐厅、一位厨师，如果只想达到客人要求的水平，那是不够的！客人需要、想要什么？餐厅必须提供比要求更高标准的服务和令人惊叹的餐点，甚至是超出客人原本的想象和期待。超过客人要求的水平，才算达到我的标准。而真正能打动客人的，是那超乎他们预期的百分之一。

不能只给客人需要的东西，而是提供他们没有想到会给的东西，这就是我认为厨师必须具备的弹性特质。

餐厅经营几乎是由每一个无形的小细节累积起来的，但是服务人员对这些细节的关注与弹性，会产生一串连锁反应，会影响到出菜速度调配，甚至餐厅形象。当一个服务人员对这些细节不敏锐时，其他的知识、技巧，已经不重要，也不需多讲了。我认为最极致的服务并不是提供一个机械式的标准流程，而是客制化，以及我一直强调的“细节”。

所以我希望我的合作伙伴都能够有自己的想法，各自都能独立思考与执行，这是我挑选合作人才的最重要的角度与标准。

挫折学

一路走来，我是苦拼过来的，每一仗都是硬仗。但就如我先前所讲的，我非常幸运，有这么多人支持我的理念，欣赏我的料理，相信我的经营，陪我一起面对这些困难。没有人冲第一个，我就冲第一个，我一马当先，但后面仍然依赖这些人的支持。

这似乎也反映着我某种特质，那就是不会投机，总是用最辛苦的方式面对考验。或许因为我是金牛座吧，就是一定要苦干实干，一步一个脚印，任何困难都是硬着头皮去克服。身边跟随我学习的年轻人，几乎都遇到过很多挫折。而我的想法是，宁可让他们早一点认识挫折，遭受挫折，把挫折当成最重要的功课，而不是一个打击、一种伤害，让挫折变成一个过错。我不会提醒他们哪里会做错或哪里应该要注意，而是让他们自己从失败中学习，这将成为他们成长的动力。

我总是用最辛苦的方式让伙伴们了解事物的道理，在这个过程里，有些人可以承受，有些人不能承受，但我仍然希望他们尽早明白，想攀登高峰，就要随时做好准备，唯有准备好，才有成功的机会。

只身到法国学艺那段时间，在剧烈的身体磨炼与精神压力下，短短一年，我瘦了十六公斤。但我从不觉得辛苦，也不曾向挫折低头，因为我始终以正面的态度来看待任何事。厨房里有各式各样的工作，然而因为语言不通，除了杂役我什么也没办法做。原本在台湾，我曾被称为“最年轻的法国餐厅主厨”，但来到法国，我却没有办法展现最好的自己，这一点令我十分苦恼。

然而心底的另一个声音告诉我：“André，你已经来到世界上最棒的法国餐厅了，在这里做什么都好，就算只能扫地，也是一件很光荣的事。多少人挤破头都进不来，你已经很幸运了，没什么好抱怨的！”

是的，双子星主厨和米其林法国料理，以前只能通过书本、电视或报章杂志看到，现在的我已经踏进这个梦寐以求的地方，是餐厅里的一分子，就应该享受身在其中的每一分每一秒啊！抱持着正面乐观的心态，告诉自己这一点都不辛苦，擦拭刀叉、洗刷地板、清理冰箱，我都保持微笑，充满感激。

于是，我认真地过每一天，努力地充实自己。而为了让学习更专注，至少有两年的时间，我没有看过家人，也鲜少和他们联络。虽然对爸妈感到抱歉，但这也展现了我一定要在料理界出人头地的决心。父母亲和姐姐、哥哥曾经要到法国来看望我，但是我告诉他们：“我很好，请暂时不要过来看我。”我尽可能避免与家人有太多联系，不想被激起“人在异乡”那种想家的感觉。

许多人往往认为成功者都具备过人的天分，才有高人一等的成就。但我认为他们成功的关键，是来自在工作岗位上不断坚持的努力，这一点，也是促使我不断向前的一股很大动力。正因为有这样的理解，我从不觉得这段岁月有多辛苦。我只认为，每一个挫折、每一分煎熬，都只是一个你正在习惯的过程。只要这么想，面对那些辛苦就一点也不感觉辛苦了。

意志力虽然是一种没有形体的信念，但这股信念却比金钱、物质来得深不可测、强而有力。而意志力的淬炼，就是从挫折学习中一点一滴累积出来的。这是属于我自己的一套“挫折学”，挫折并不是坏事，当你去习惯它、珍惜它之后，你便能发挥坚强的韧性，迎战各种艰难的挫折。

Simplicity（简单化）——勿忘初心

很多人问我："有没有什么话可以鼓励现在的年轻人？""Be simple!"是我唯一的答案。要把自己当作是一张白纸、一块新生的海绵，因为空白，才可以容纳更多东西；因为新生，更能全心全意地汲取养分！

而用中文解释，"Be simple"可以说成"单纯"，意思是没有太多想法，这也就是我的 Original intention（初衷）——勿忘初心的理念。

我的想法其实很简单，"做菜"是我的谋生工具，所以无论如何，第一任务是一定要把这件事情做好。因此，我不会降低自己的标准，我只能一次比一次做得更好。

在料理研发上，只要一有想法，我就马上执行。每一样东西我一定亲自制作，实际经手之后，哪些步骤可以采用，哪些步骤不适用，我才会一清二楚。我不怕失败，因为在一道失败的菜里，百分之八十的过程其实都是可贵的成功经验，是一种自我提升的学习。

而当我觉得已经可以把一道菜做到完美的时候，也就是我放手的时候。唯有一再挑战，不断前进，才不会被固定在一个框架里。有了这一份认知，面对各式各样的挑战时，我也能清清楚楚地找到自己该走的道路，不忘记那份珍贵的“初心”。

人生道路曲折，很多人到达某一阶段，很容易就忘记当初立下志向的初心。有了房子，就想要更豪华的房子；有了车子，还想要更名贵的车子，迷失在无限的欲望之中。这时候，初心就成了一种温柔的提醒，使我能享受的不只是那份成果，而是享受自己全心投入其中的过程，从甘苦交织的每一分钟里，挖掘无可取代的意义。

在这一路成长奋斗的过程中，每次到达某个时期的高度，得到一点收获时，我就会慎重提醒自己不要遗忘初心。因此我随身携带画图本子和五只汤匙，画图本可以记下每一个突如其来的灵感，让每一分钟、每一天的思绪与经历，都可能化作美味的料理。五只汤匙则代表我一路走来的五个重要阶段——感官花园学艺、亚洲分店、塞舌尔群岛的冒险、JAAN par André 的革新，以及独自开业的 Restaurant ANDRE。每次看到它们，就想起最初立定志向要学习料理的自己，如何历经那么多挑战，达成每一个阶段的梦想。

而汤匙这个在厨房最常使用的工具，很能代表一个厨师在料理这条路上的坚持与摸索。汤匙的凹面讲究精准的分量，不论做法、时间还是温度都必须力求精确，每一个烹调的细节都不能马虎，这是厨师必备的“理性”。

而汤匙的背面有着弯弯的弧度，可以无限延展。当客人来用餐时，一间餐厅或一个厨师可以带给他们什么？只是吃一顿饭、享受美味的料理？还有其他的吗？这就像 flexibility，对待客人，不能只依赖既定标准，必须充满弹性，甚至想象力。更深一层来说，这也能代表厨师的“感性”，我们时时刻刻都要用心体察生活，捕捉细微的感动，并将之蕴藏在料理与整体用餐环境之中，传递给品尝的人。

唯有理性与感性并存，用精确的技巧来传达料理背后的故事，才能做出好料理。而每一个厨师千万都不能忘记，当人们用汤匙把食物放入口中时，理性的调味精准与感性的心情悸动将平行并存，没有哪一个比较重要，或比较不重要。

一路上，我看到许多厨师朋友，为了赚更多钱，为了应对市场潮流，或为了找轻松一点的工作，早已忘记了当初踏入这一行的热情，做了很多妥协。也有很多人在自己的工作中不快乐，然后抱怨一切都是别人的错。

然而，不管环境如何，最终可以做选择的人是我们自己，决定权完全在我们手上。我想说的是，时时回归并坚持最原本的初心！我的经验告诉我，当你回到最纯净的自己时，你会知道该怎么做，你不但可以激发出更多的热忱，也会创造出无限可能的人生！

莫忘初心

/ 其实一道菜并不只是食物和容器而已，而是代表着味道的先后顺序和潜意识的用餐心理学。

/ 用人和用料一样重要。空有好食材或好技巧，不如把合适的人放在正确的位置，让他们激荡出耀眼的光芒。

/ 当我觉得已经可以把一道菜做到完美的时候，也就是我放手的时候。

/ 但我认为他们最重要的成功关键，是来自在工作岗位上不断坚持的努力，这一点，也是促使我不断向前的一股很大动力。

/ 我不怕失败，因为在一道失败的菜里，百分之八十的过程其实都是可贵的成功经验。

/ 每一个厨师千万都不能忘记，当人们用汤匙把食物放入口中，理性的调味精准与感性的味觉感动将平行并存，没有哪一个比较重要，或比较不重要。

图书在版编目（CIP）数据

初心 / 江振诚著 . -- 北京：九州出版社，2015.10
ISBN 978-7-5108-4018-0

Ⅰ . ①初… Ⅱ . ①江… Ⅲ . ①散文集 – 中国 – 当代
Ⅳ . ① I267

中国版本图书馆 CIP 数据核字（2015）第 258862 号

著作权合同登记号 图字：01-2014-2188

本书由皇冠文化集团授权
本书限于中国大陆地区发行，不得销售至包括港、澳等任何海外地区

初心

作　　者　江振诚 著
出版发行　九州出版社
地　　址　北京市西城区阜外大街甲 35 号（100037）
发行电话　（010）68992190/3/5/6
网　　址　www.jiuzhoupress.com
电子信箱　jiuzhou@jiuzhoupress.com
印　　刷　北京盛通印刷股份有限公司
开　　本　680 毫米 ×880 毫米　16 开
印　　张　16.75
字　　数　150 千字
版　　次　2018 年 4 月第 1 版
印　　次　2018 年 4 月第 1 次印刷
书　　号　ISBN 978-7-5108-4018-0
定　　价　52.00 元